文春文庫

秋山久蔵御用控

余計者

藤井邦夫

文藝春秋

目次

「秋山久蔵御用控」江戸略地図

実際の縮尺とは異なります

日本橋を南に渡り、日本橋通りを進むと京橋に出る。京橋は八丁堀に架かっており、尚も南に新両替町、銀座町と進み、四丁目の角を右手に曲がると外堀の数寄屋河岸に出る。そこに架かっているのが数寄屋橋御門であり、渡ると南町奉行所があった。南町奉行所には〝剃刀久蔵〟と呼ばれ、悪人を震え上がらせる一人の与力がいた……

秋山久蔵御用控・登場人物

秋山久蔵（あきやまきゅうぞう）

南町奉行所吟味方与力。〝剃刀久蔵〟と称され、悪人たちに恐れられている。何者にも媚びへつらわず、自分のやり方で正義を貫く。「町奉行所の役人は、お奉行の為に働いてるんじゃあねえ、江戸八百八町で真面目に暮らしてる庶民の為に働いているんだ。違うかい」（久蔵の言葉）。心形刀流の使い手。普段は温和な人物だが、悪党に対しては、情け無用の冷酷さを秘めている。

弥平次（やへいじ）

柳橋の弥平次。秋山久蔵から手札を貰う岡っ引。柳橋の船宿『笹舟』の主人で〝柳橋の親分〟と呼ばれる。若い頃は、江戸の裏社会に通じた遊び人。

幸吉（こうきち）
弥平次の下っ引。

寅吉、雲海坊、由松、勇次、伝八、長八（とらきち、うんかいぼう、よしまつ、ゆうじ、でんぱち、ちょうはち）
鋳掛屋の寅吉、托鉢坊主の雲海坊、しゃぼん玉売りの由松、船頭の勇次。弥平次の手先として働くものたち。伝八は江戸でも五本の指に入る、『笹舟』の老練な船頭の親方。長八は手先から外れ、蕎麦屋を営んでいる。

神崎和馬（かんざきかずま）
南町奉行所定町廻り同心。秋山久蔵の部下。二十歳過ぎの若者。

蛭子市兵衛（えびすいちべえ）
南町奉行所臨時廻り同心。久蔵からその探索能力を高く評価されている人物。妻が下男と逃げてから他人との接触を出来るだけ断っている。凧作りの名人で凧職人として生きていけるほどの腕前。

香織（かおり）

久蔵の後添え。亡き妻・雪乃の妹。惨殺された父の仇を、久蔵の力添えで討った過去がある。初めての子供を身籠っている。

与平、お福（よへい、おふく）

親の代からの秋山家の奉公人。

おまき

弥平次の女房。『笹舟』の女将。

お糸（おいと）

弥平次、おまき夫婦の養女。

小川良哲（おがわりょうてつ）

小石川養生所本道医。養生所設立を公儀に建白した小川笙船の孫。

お鈴（おすず）

小石川養生所の介抱人。浪人の娘で産婆見習い。

平七、庄太（へいしち、しょうた）

神明の平七。南町奉行所の定町廻り同心から手札を貰う岡っ引と下っ引。

この作品は「文春文庫」のために書き下ろされたものです。

秋山久蔵御用控

余計者

第一話

垂込み

一

皐月《さつき》――五月。

大川の川開きがあり、両国に花火が盛大に打ち上げられる。

辰の刻五つ半（午前九時）。

南町奉行所吟味方与力の秋山久蔵《あきやまきゅうぞう》は、刀を捧げ持つ身重の妻の香織《かおり》を従えて屋敷の式台に向かった。

式台にはお福《ふく》とお糸《いと》が見送りに出ており、玄関先には与平《よへい》が待っていた。

「お福、お糸、後は頼んだぞ」

「はい。心得ております」

お福は、ふくよかな身体を揺らした。

「お任せを……」

お糸は頭を下げた。

「じゃあ香織、身体に気を付けてな」

「はい。お気をつけて……」

久蔵は、香織の捧げ持つ刀を取り、腰に差しながら玄関を出た。

「お供致します」

与平は、久蔵に続いた。

久蔵は香織たちに見送られ、与平を従えて屋敷を出た。


南町奉行所は陽差しに溢れていた。

久蔵は、南町奉行所の表門を潜《くぐ》って用部屋に向かった。

「お早うございます。秋山さま……」

定町廻《じょうまちまわ》り同心の神崎和馬《かんざきかずま》が、待ち構えていたように現れた。

「おう……」

「ちょいとお話がございまして……」

和馬は声を潜めた。

何かあった……。

久蔵の直感が囁《ささや》いた。

「用部屋に参れ」

久蔵は、和馬を伴って用部屋に急いだ。

久蔵は、怪訝《けげん》な面持ちで折り皺《じわ》のついた手紙を手に取った。

「どうも、夜中に投げ込まれたようです」

和馬は、自分の組屋敷に投げ込まれていた結び文を久蔵に渡して告げた。

久蔵は、折り皺のついた手紙に眼を通した。

手紙には、盗賊・天狗の政五郎《まさごろう》が、浜町河岸《はまちょうがし》の船宿『千鳥《ちどり》』にいると書き記されていた。

天狗の政五郎は、押し込み先の者を皆殺しにして金を奪う極悪非道の盗賊であり、関八州を荒らし廻っていた。

「その天狗の政五郎が、江戸にいるって云うのか……」

久蔵は眉をひそめた。

「はい。どう思われますか……」

「この投げ文、和馬の組屋敷に放り込まれていたんだな」

「はい……」

「投げ込んだ者に心当りは……」

「それが……」

和馬は首を捻った。

「八丁堀は町奉行所の与力同心の巣窟だ。それなのに、わざわざ和馬の組屋敷に投げ込んだってのは、お前を知っているからじゃあねえのかな」

久蔵は睨んだ。

「私の知り合い……」

「ああ。その辺を良く考えてみな」

「心得ました」

和馬は頷《うなず》いた。

「そして、投げ込んだ者は、天狗の政五郎の面を知っているか……」

久蔵と和馬は、天狗の政五郎の顔を人相書でしか知らない。それなのに投げ文の主は、天狗の政五郎を名指しして来た。

「きっと……」

「よし。天狗の政五郎の人相書を持って来い。柳橋《やなぎばし》の笹舟《ささぶね》に行くぜ」

久蔵は、探ってみる事に決めた。

柳橋は、神田川が大川に流れ出る処に架かっている。

船宿『笹舟』は柳橋の北詰にあり、涼やかな川風に暖簾《のれん》を揺らしていた。

「邪魔するぜ」

久蔵は、和馬を従えて船宿『笹舟』の暖簾を潜った。

「こりゃあ秋山さま、和馬の旦那……」

大囲炉裏の傍で茶をすすっていた船頭の親方の伝八《でんぱち》が、湯呑茶碗を置いて立ち上がった。

「伝八、達者だったかい……」

「へい。お陰さまで……」

伝八は、川風に晒《さら》され続けた顔を綻《ほころ》ばせた。

「親方、親分、いるかな」

和馬は尋ねた。

「へい。女将《おかみ》さん……」

伝八は頷き、女将のおまきを呼んだ。

女将のおまきが奥から現れた。

「これはこれは、秋山さま、和馬の旦那、おいでなさいまし……」

おまきは、久蔵と和馬に挨拶した。

「やあ。無沙汰をしたな、おまき……」

久蔵は、おまきに笑い掛けた。


「どうぞ……」

おまきは、久蔵と和馬に茶を差し出した。

「造作を掛けるな」

久蔵は、おまきを労《ねぎら》った。

「いいえ。香織さまの具合、如何《いかが》でございますか」

「うむ。今の処何事もないようだ。お糸も良くやってくれているよ」

お糸は、弥平次《やへいじ》とおまきの養女であり、香織に妹のように可愛がられていた。

香織は、身籠もった時、年老いたお福と与平に掛かる負担を心配し、お糸に手伝いを頼んだ。

お糸は引き受け、行儀見習いを兼ねて秋山屋敷にあがった。

「そうですか……」

おまきは、嬉しげな笑みを浮かべた。

「これはこれは、秋山さま、和馬の旦那。お待たせ致しました」

岡っ引の柳橋の弥平次が、下っ引の幸吉《こうきち》を従えて入って来た。

「やあ、急がせたようだな……」

弥平次は、平右衛門町《へいえもんちよう》の自身番に用を足しに行っていた。幸吉が走り、弥平次を呼び戻して来たのだ。

「それで何か……」

弥平次は膝を進めた。

「そいつなんだが、天狗の政五郎を知っているかい……」

「天狗の政五郎、押し込み先の者を皆殺しにする極悪非道の盗賊と聞いておりますが……」

弥平次は眉をひそめた。

「うむ。そいつが江戸にいるようだ……」

久蔵は、和馬の組屋敷に投げ込まれた手紙を見せた。

弥平次は手紙を一読し、緊張を滲ませた。

「浜町河岸の船宿千鳥ですか……」

「知っているか……」

「名前だけは……」

弥平次は頷いた。

「とにかく、行ってみるか……」

「はい。お供します」

久蔵は、和馬と幸吉を先に行かせ、弥平次と共に屋根船で浜町河岸に向かった。


浜町堀に架かる千鳥橋の西詰、元浜町に船宿『千鳥』はあった。

船宿『千鳥』は、落ち着いた風情を見せていた。

和馬と幸吉は、元浜町の自身番を訪れ、詰めていた大家や店番《たなばん》に船宿『千鳥』の様子をそれとなく尋ねた。

船宿『千鳥』は、一年前に経営者が代わっていた。

「前の旦那が心の臓の病で急になくなりましてね。それで、今の旦那が居抜きで買ったそうですよ」

大家は告げた。

「今の旦那、どんなお人ですか……」

幸吉は尋ねた。

「長兵衛《ちょうべえ》さんって名でしてね。四十歳過ぎぐらいですか。中々商売熱心だそうでして、店の評判もよろしいようですよ」

「家族や奉公人は……」

和馬は尋ねた。

「女将さんのおようさんに、住込みの船頭が二人と仲居が二人。それに下男の年寄りですか……」

店番は、町内の名簿を見ながら答えた。

船宿『千鳥』には、長兵衛およようの主夫婦と五人の住込みの奉公人がいる。男は、主の長兵衛を入れて四人。その中に、盗賊の天狗の政五郎がいるのかもしれない。

「神崎の旦那、千鳥が何か……」

大家と店番は眉をひそめた。

「いや。さる御大身がお出入りを許すかどうか、迷っていてね。それで頼まれてな……」

和馬は言い繕《つくろ》った。

「左様にございますか……」

大家は、納得した面持ちで頷いた。

「ま。いずれにしろ、こいつは他言無用だぜ」

和馬は、大家と店番を厳しく見据えた。

「そりゃあ、もう心得ております」

和馬と幸吉は、大家や店番に礼を述べて自身番を出た。そして、船宿『千鳥』の周辺にそれとなく聞き込みを掛けた。

荷船の船頭の歌う唄が、浜町堀に長閑《のどか》に響いていた。


柳橋から大川に出て下り、新大橋を過ぎて三《み》ツ俣《また》に抜けると浜町堀がある。

船頭の勇次《ゆうじ》の操る屋根船は、浜町堀を遡《さかのぼ》り千鳥橋の船着場に船縁《ふなべり》を着けた。

「親分、着きました」

勇次は、屋根船の障子の内に声を掛けた。

「うん……」

弥平次は、久蔵と共に屋根船を降りて千鳥橋の袂《たもと》にあがった。

「あそこだな」

久蔵は、暖簾を風に揺らしている船宿『千鳥』を示した。

「ええ……」

弥平次は頷き、船宿『千鳥』の周囲を見廻した。

浜町堀を挟んだ向かい側に、鰻屋『鰻徳《うなとく》』が暖簾を風に揺らしていた。

「勇次、秋山さまと俺はあの鰻屋にいる。和馬の旦那と幸吉を捜して報せてくれ」

「合点です」

弥平次は、船頭で手先を務めている勇次に命じた。

勇次は、和馬と幸吉を捜しに走った。


鰻屋『鰻徳』には、蒲焼の香りが満ち溢れていた。

久蔵と弥平次は、浜町堀越しに船宿『千鳥』の見える二階の座敷の窓際に座り、小女に酒と蒲焼を注文した。

「お酒と蒲焼二丁……」

小女は、階段を降りながら威勢良く注文を通した。

千鳥橋の船着場に屋根船が着き、船頭が船宿『千鳥』に声を掛けた。

久蔵と弥平次は、二階の座敷の窓から見下ろした。

年増の女将が、船宿『千鳥』から仲居や下男と共に客を迎えに出て来た。

「女将ですね……」

弥平次は、女将を見つめた。

「うむ……」

久蔵は、頰被りの手拭を取って客を見送る船頭を見つめた。

瘦せて背の高い船頭は、機敏な身のこなしで屋根船を船着場に繫いでいた。

女将と仲居は、客を案内して船宿『千鳥』に入って行った。

船頭は辺りを見廻し、屋根船を降りて行った。

辺りを見廻した船頭の顔は、人相書に描かれた盗賊・天狗の政五郎にはまったく似ていなかった。

「お待たせしました」

小女が酒を持って来た。

「蒲焼は、もうちょっとお待ち下さい」

「ああ……」

階段を上がってくる足音がし、和馬が幸吉や勇次と入って来た。

「酒を後二、三本と蒲焼を三人前追加だ」

久蔵は注文した。

「ありがとうございます」

小女は、和馬たちの座を作って階段を降りて行った。

「御苦労だったな。ま、やってくれ」

久蔵は、弥平次の注いでくれた酒を飲んだ。そして、和馬、弥平次、幸吉、勇次も酒をすすった。

「それで和馬。千鳥、どんな風だ」

「はい。主は長兵衛、女将はおよう。一年前に居抜きで千鳥を買ったそうでして、船頭が二人に仲居が二人。それに下男の五人の奉公人が住込みでいます」

「その中に天狗の政五郎らしい野郎はいるのか……」

久蔵は酒を飲んだ。

「それが、いろいろ聞き込んだのですが、似ている者はいませんね」

和馬は、鋭い眼付きの初老の男の人相書を差し出した。

「となると、千鳥に出入りしている客なのかもしれませんね」

弥平次は睨んだ。

「うむ。それから和馬、お前に垂込んで来た者らしいのはいたのか……」

「そいつが、今の処、見覚え聞き覚えのある者はいないんですよね」

和馬は首を捻《ひね》った。だが、和馬の組屋敷に手紙を投げ込んだ者は、船宿『千鳥』の界隈にいるのは確かなのだ。

「そうか。で、お前の睨みはどうなんだ」

「まだ、何とも……」

和馬は眉をひそめた。

「幸吉、お前はどう思う」

「はい。暫《しばら》く見張った方がいいのじゃあないかと……」

幸吉は、猪口《ちよこ》を置いて姿勢を正した。

「そうか……」

久蔵は頷いた。

「親分……」

窓から船宿『千鳥』を見張っていた勇次が、弥平次を呼んだ。

「どうした」

「へい。千鳥の主らしい男が……」

久蔵、弥平次、和馬、幸吉が、窓辺に寄った。

羽織姿の中年男と年増の女将が、船宿『千鳥』から帰る客を船着場に見送りに出ていた。

「主の長兵衛と女将のおようですね……」

和馬が睨んだ。

「ああ……」

長兵衛は、小柄でがっしりとした身体付きをしていた。

長兵衛とおようは、屋根船に乗って行く客を見送った。そして、長兵衛は辺りを鋭く見廻した。

久蔵たちは身を潜めた。

長兵衛は、おようと共に『千鳥』に戻った。

久蔵は、辺りを見廻した長兵衛の鋭い眼差しが気になった。

「よし。和馬、幸吉、暫く千鳥を見張ってみるのだな」

久蔵は命じた。

「心得ました」

和馬と幸吉は頷いた。

「お待たせしました」

小女が、威勢良く蒲焼を持って来た。

美味《うま》そうな香りが座敷に広がった。


船宿『千鳥』を見張るには、鰻屋『鰻徳』がいろいろ都合が良かった。

弥平次は、鰻屋『鰻徳』の亭主徳助《とくすけ》の人となりを調べた。

徳助は、屋台の辻売りから鰻屋を始め、二十年前に店を構えた真面目な男と評判だった。

信用出来る……。

弥平次は見定め、和馬と相談して『鰻徳』の亭主徳助に二分金を包み、二階の座敷を貸してくれるように頼んだ。

徳助は、快く貸してくれた。

和馬と幸吉は、『鰻徳』の二階の座敷に陣取り、船宿『千鳥』の見張りを始めた。

弥平次は、托鉢坊主の雲海坊《うんかいぼう》としゃぼん玉売りの由松《よしまつ》を呼び、一帯に詳しく聞き込みを掛けさせた。

船宿『千鳥』は、和馬と弥平次たちの監視下に置かれた。

久蔵は、南町奉行所に戻って盗賊天狗の政五郎と一味に関する情報を集めた。

天狗の政五郎は、五十歳を過ぎた初老の男であり、小頭《こがしら》の鉄蔵《てつぞう》以下二十余名に及ぶ子分を率いて関八州の庄屋や分限者《ぶげんしゃ》を襲い、金を奪い盗って皆殺しにしていた。

関八州は、相模《さがみ》、武蔵《むさし》、安房《あわ》、上総《かずさ》、下総《しもうさ》、常陸《ひたち》、下野《しもつけ》、上野《こうずけ》の八ヶ国からなり、諸大名や幕府直轄領が入り込み、役人の手の及び難い処だった。

天狗の政五郎は、それを良い事に関八州で極悪非道な外道《げどう》働きをして来ていた。

その天狗の政五郎が、江戸で外道働きをする気なのかもしれない。

そうはさせるか……。

久蔵は、不敵に笑った。


浜町堀の流れには船の明かりが映え、堀端の料理屋からは三味線の爪弾《つまび》きが洩れていた。

和馬と幸吉は、鰻屋『鰻徳』の二階の座敷から船宿『千鳥』を見張った。

今の処、天狗の政五郎と思える者や和馬に垂込んだ者も浮かばなかった。

托鉢坊主の雲海坊が、しゃぼん玉売りの由松と上がって来た。

「おう。御苦労さん」

和馬と幸吉は労《ねぎら》った。

「なあに、どうって事はありませんよ」

雲海坊と由松は、幸吉の淹れてくれた茶をすすった。

「で、何か分かったかい」

「千鳥、余り繁盛していないな」

雲海坊は、薄笑いを浮かべた。

「それなりに、客が来ているようだが」

和馬は戸惑った。

「和馬の旦那、千鳥に出入りしている客の殆どは、季節柄の客でしてね。馴染《なじみ》の客じゃありませんよ」

「じゃあ、馴染客は少ないのか……」

幸吉は、雲海坊に尋ねた。

「ああ。どうも長兵衛が千鳥を買い取ってから、それ迄の馴染客は離れちまい、新しい馴染客は余りいないようだぜ」

「どうしてだ……」

和馬は眉をひそめた。

「そいつはこれからです」

雲海坊は苦笑した。

「それにしても夜の見張り、楽になりやしたね」

由松の腹の虫が鳴いた。

「そうだ。晩飯だな……」

幸吉は苦笑し、小女のおたまを呼んで酒と鰻重を頼んだ。

張り込みは始まったばかりだ。

二

夜、浜町堀には屋根船が行き交い、三味線と太鼓の音も途切れる事はなかった。

和馬、幸吉、雲海坊、由松は、交代で船宿『千鳥』を見張った。

船宿『千鳥』は、戌《いぬ》の刻五つ（午後八時）に暖簾を片付け、店を閉めた。

「今の時期の船宿にしては早仕舞いだな」

幸吉は眉をひそめた。

同じ船宿の『笹舟』は、亥《い》の刻四つ（午後十時）近くまで軒行燈《のきあんどん》を消す事はなかった。

「ああ……」

雲海坊は頷いた。

和馬と由松は、見張りの交代に備えて座敷の隅で寝ていた。

四半刻《しはんとき》が過ぎた。

船宿『千鳥』の潜り戸が開き、船頭らしき男が船着場に走った。

「雲海坊……」

「うん……」

幸吉と雲海坊は、窓に身を寄せて見守った。

主の長兵衛が、提灯を翳《かざ》しながら潜り戸から出て来た。

「長兵衛だ……」

「行くぜ」

雲海坊は、階段を駆け降りた。

幸吉は、寝ていた由松を揺り起した。

由松は眼を覚ました。

「由松、長兵衛の野郎が出掛ける。後を頼む」

幸吉は囁き、由松の返事も待たずに雲海坊を追った。


船宿『千鳥』の主の長兵衛は、船着場の屋根船に乗った。

「竹造《たけぞう》、良かったら出してくれ」

長兵衛は、舫《もや》い綱を解いていた船頭に命じ、障子の内に入った。

「へい……」

竹造と呼ばれた船頭は、竹竿を使って屋根船を浜町堀の流れに乗せた。

屋根船の障子の内に明かりが灯された。


幸吉と雲海坊は、船着場に降りて猪牙舟《ちょきぶね》に乗った。

「出してくれ」

雲海坊が、素早く舫い綱を解いて猪牙舟を押し出して飛び乗った。幸吉が櫓《ろ》を静かに漕ぎ、長兵衛の乗った屋根船を追った。

猪牙舟は船宿『笹舟』の物であり、雲海坊と由松が乗って来ていた。

屋根船は、明かりを揺らしながら浜町堀を下って大川に向かった。

幸吉の漕ぐ猪牙舟は、長兵衛の乗った屋根船を追った。

「今頃、何処《どこ》に行くのかな」

「まさか、押し込みに行くって訳でもないだろう」

幸吉は苦笑した。

長兵衛の乗った屋根船は、大川に進んだ。

幸吉は急いだ。


大川には幾つもの船行燈が映えていた。

長兵衛の乗った屋根船は、大川を横切って深川小名木《おなぎ》川に入った。

小名木川は大川に架かる新大橋の下流にあり、西から東に続く流れの左右には大名家の下屋敷が甍《いらか》を連ねていた。

長兵衛の乗った屋根船は、小名木川を静かに進んだ。

幸吉の漕ぐ猪牙舟は、雲海坊を乗せて屋根船を追った。

屋根船は小名木川を進み、或る大名家の下屋敷の裏手の船着場に船縁を寄せた。

「着きましたぜ」

船頭の竹造は、障子の内に声を掛けた。

「おう……」

長兵衛は、障子の内から出て屋根船を降りた。

「四半刻もしたら戻る。此処《ここ》で待っていろ」

「へい……」

長兵衛は、竹造を残して傍の大名家下屋敷の裏門に向かった。そして、裏門を静かに叩いた。裏門が開き、中間《ちゅうげん》が顔を出した。長兵衛は、何事かを告げて裏門を入った。

幸吉と雲海坊は、斜向《はすむ》かいの船着場に猪牙舟を着けて降り、小名木川沿いの道を進んだ。そして、長兵衛が大名家の下屋敷に入るのを見届けた。

「大名の下屋敷か……」

大名家の江戸上屋敷は、藩の公的機関で藩主の家族なども暮らしている。だが、下屋敷は別荘的な役割であり、僅かな留守番の家来が詰めているだけだ。

「ああ。何処の下屋敷かな……」

幸吉と雲海坊は、辺りを見廻した。しかし、裏手を見るだけでは、何処の大名家の下屋敷かは分からない。

「よし。下屋敷の表に廻り、何処の大名家か突き止める。もし、長兵衛が出て来たら追ってくれ」

雲海坊は告げた。

「承知……」

幸吉は頷いた。

雲海坊は、幸吉を残して暗がり伝いに小名木川と交差する大横川に急いだ。大横川と交差する処に架かっている新高橋を渡れば、長兵衛の入った下屋敷の表に廻る事が出来る。

雲海坊は、小名木川沿いの道を新高橋に急いだ。


屋根船は、大名家下屋敷の船着場で揺れていた。

船頭の竹造は、船着場で煙管《キセル》を燻《くゆ》らせて長兵衛の戻るのを待っていた。

幸吉は、小名木川越しに見守った。

長兵衛は、大名家下屋敷の誰にどんな用があって来たのか……。

幸吉は、想いを巡らせた。

大名家下屋敷が甍を連ねている一帯は、静けさに包まれていた。

大名家江戸下屋敷の前には、深川富川町《とみかわちょう》の小さな町並みがあった。

雲海坊は、富川町の辻で商売をしていた夜鳴蕎麦屋を訪れた。

「いらっしゃい」

夜鳴蕎麦屋の親父が雲海坊を迎えた。

「おう。掛け蕎麦、貰おうか……」

雲海坊は掛け蕎麦を頼み、長兵衛の入った大名家下屋敷を窺った。

大名家下屋敷は静寂に覆われていた。

「この界隈、大名家の下屋敷や旗本屋敷だらけだから、客に中間や下男も多いんだろうな」

「へい。そりゃあもう……」

夜鳴蕎麦屋の親父は笑った。

「そこの何たっけ……」

雲海坊は傍の大名家下屋敷を示した。

「土田さまのお屋敷ですか……」

夜鳴蕎麦屋の親父は、蕎麦を作りながら大名家下屋敷を一瞥《いちべつ》した。

大名の土田家……。

雲海坊は、知っている大名家の名に土田を探した。

「うん。その土田さまの屋敷の中間や下男も馴染かな」

「へい。御贔屓《ごひいき》頂いています。お待ちどおさまでした」

親父は、雲海坊に掛け蕎麦を出した。

「おう。頂くぜ」

雲海坊は、丼から立ち昇る湯気を吹いて蕎麦をすすった。

「こいつは美味いな」

「ありがとうございます。お坊さまは土田さまと拘《かか》わりがあるのですかい」

「拘わりと云う程の事じゃあないが、国元が一緒でね……」

「じゃあ、常陸の三浦ですか……」

「ああ。三浦だよ」

雲海坊は、蕎麦をすすりながら頷いた。

常陸国三浦藩土田家の江戸下屋敷……。

雲海坊は、船宿『千鳥』の主・長兵衛の入った大名家下屋敷が何処の藩のものかを知った。

四半刻が過ぎた。

長兵衛は、大名家下屋敷の裏門から出て来て屋根船に乗った。

船頭の竹造は、長兵衛の乗った屋根船の舳先《へさき》を大川に廻した。

幸吉は、斜向かいの船着場に走り、猪牙舟に乗って屋根船を追った。

浜町河岸の船宿『千鳥』に帰るのか……。

幸吉は、大川に向かう屋根船を追った。

深川霊巌寺の鐘が、亥の刻四つ（午後十時）を告げた。


常陸国三浦藩江戸下屋敷……。

船宿『千鳥』の主・長兵衛は、昨夜遅く深川小名木川沿いにある三浦藩江戸下屋敷に行った。

「大名家か……」

和馬は、幸吉と雲海坊の話を聞いて戸惑いを過《よ》ぎらせた。

「ええ。何しに行ったのか……」

幸吉は小さく笑った。

「まさか、盗賊と大名が拘わりがあるなんて……。そんなのありですかね」

由松は眉をひそめた。

「ああ。どんな拘わりがあるのか……。和馬の旦那、長兵衛が三浦藩江戸下屋敷に何しに行ったか、ちょいと調べてみますか」

雲海坊は茶をすすった。

「うん。秋山さまと弥平次の親分には、俺から報せて置くが、相手は下屋敷と云えども大名屋敷だ。呉々《くれぐれ》も気を付けてな」

「心得ていますよ。じゃあ……」

雲海坊は、墨染めの衣を翻して二階の座敷から出て行った。

船宿『千鳥』は下男が表を掃除し、竹造たち二人の船頭は持ち船の手入れをしていた。

「じゃあ、旦那、兄貴。俺は聞き込みながら一廻りして来ますよ」

「ああ。そうしてくれ……」

由松は、しゃぼん玉売りの道具を抱えて階段を降りて行った。

「よし。幸吉、俺は奉行所に行ってくる。後を頼んだぜ」

「合点です」

和馬と幸吉たちの見張りと探索は、二日目を迎えた。

浜町堀は陽差しに煌《きら》めいていた。

和馬は、船宿『千鳥』の前に架かる千鳥橋を迂回し、南隣の栄橋を渡って南町奉行所に行こうとした。

鰻屋『鰻徳』の裏路地を廻った和馬は、浜町河岸に出て船宿『千鳥』の様子を窺った。

船宿『千鳥』に人の出入りはなく、暖簾が風に揺れているだけだった。

和馬は、微かな視線を感じた。

誰かが俺を見ている……。

和馬は振り返った。

背後にある甘味処に若い娘が入り、暖簾が揺れていた。

あの娘が俺を見ていたのか……。

和馬は戸惑った。

娘の顔に見覚えはなく、『桜や』と云う屋号の甘味処にも入った事はない。

甘味処『桜や』の暖簾は揺れていた。

娘が俺を見ていたと云うのは、気のせいなのかもしれない……。

和馬は、吐息を洩らし栄橋に急いだ。

娘は、甘味処『桜や』から僅《わず》かに顔を出して和馬を見送った。

「神崎和馬さま……」

娘は、栄橋を渡って行く和馬を眩《まぶ》しげに見送った。


深川の三浦藩江戸下屋敷は、表門を閉じて人の出入りはなかった。

雲海坊は、富川町の辻に立って経を読んでいた。

三浦藩江戸下屋敷には、五人の家臣が留守番として詰めており、五人の中間と飯炊きや賄《まかな》いの下男たちが暮らしていた。

雲海坊が托鉢を始めて半刻が過ぎた頃、一人の中間が文箱《ふばこ》らしき風呂敷包みを持って出て来た。

使いに行く……。

雲海坊は、風呂敷包みを持って使いに行く中間を追った。

和馬は、南町奉行所に戻り、久蔵の用部屋を訪ねた。

「千鳥の長兵衛、常陸国三浦藩の江戸下屋敷に行っただと……」

久蔵は眉をひそめた。

「はい。そして、四半刻程で出て来たそうですが、天狗の政五郎と拘わり、ありますかね」

和馬は首を捻った。

「ないとは云い切れねえな……」

久蔵は苦笑した。

「はあ……」

久蔵は、何を根拠に拘わりがないとは云い切れぬと判断したのだ。

和馬は、微かな戸惑いを過ぎらせた。

「和馬、天狗の政五郎は、関八州を荒らし廻って来た盗賊だ」

「はあ……」

「常陸も関八州の一つだ」

「あっ……」

和馬は気付いた。

「常陸の三浦藩に知り合いの一人位いても何の不思議もあるまい」

久蔵の眼が鋭く輝いた。

「じゃあ、やっぱり……」

「和馬、三浦藩江戸下屋敷、どうなっている」

「はい。雲海坊が見張りに付きました」

和馬は、膝を進めた。

「よし。雲海坊なら間違いねえだろう」

久蔵は、雲海坊の探索力を信用していた。

「はい……」

和馬は頷いた。

「それで和馬。お前の組屋敷に手紙を投げ込んだ奴が、何処の誰か分かったのか」

「そいつが未《ま》だなんです」

和馬は眉をひそめた。

「何の手掛かりもねえのか……」

「はい……」

「手紙を投げ込んだ奴は、おそらく船宿千鳥の近くにいる筈だがな」

「千鳥の近くですか……」

「ああ。そこから千鳥にいるか、出入りする天狗の政五郎を見掛けた……」

久蔵は読んだ。

「あっ……」

和馬は、鰻屋『鰻徳』を出た時の事を思い出した。

「何か心当り、あるのか」

「はい。実は……」

和馬は、自分を見つめていたと思った娘の事を話した。

「娘……」

「はい。ですが、本当に私を見ていたのかどうかは、良く分らないのですが……」

和馬は、自信なさげに告げた。

「そいつは何処でだ……」

「鰻徳の並びにある桜やって甘味処の前ですが……」

「勿論、船宿千鳥の表と船着場が見通せるのだな……」

「そりゃあもう……」

和馬は頷いた。

「和馬。その娘、調べてみるんだな」

久蔵は命じた。


三浦藩江戸下屋敷を出た中間は、新大橋の東詰に出て大川を渡った。

雲海坊は尾行した。

浜町に出た中間は、人形町の通りに出て神田に向かった。

常陸国三浦藩の江戸上屋敷は、神田小川町にある。

中間は、江戸上屋敷に使いに行くのかもしれない……。

雲海坊は読んだ。

何《いず》れにしろ、呼び止めるのは使いの済んだ帰り道だ……。

雲海坊は、中間を慎重に尾行した。


船宿『千鳥』に変わった事はなく、普通に商いをしている。

幸吉は、鰻屋『鰻徳』の二階の座敷から見張り続けた。

何かが違う……。

幸吉は、船宿『千鳥』に微かな違和感を覚えていた。

由松が階段を上がって来た。

「どうだった……」

「そいつが、他の船宿と違っているとか、変わっているとかはありませんよ」

由松は、しゃぼん玉売りの道具を片付けた。

「そうか……」

「ま、強いて重箱の隅を楊枝でほじくりゃあ、余り商売熱心じゃあないかも……」

由松は睨んだ。

「余り商売熱心じゃあない……」

幸吉は、思わず聞き返した。

「あっしの勘ですがね」

由松は苦笑した。

「いや。実は、俺も何となくそんな感じがしてな……」

幸吉は眉をひそめた。

「幸吉の兄貴もですか……」

由松は、戸惑いを過ぎらせた。

「ああ。俺も長い間、笹舟の商売を傍で見て来たが、今の季節は船宿の稼ぎ時で何かと忙しい筈だ。だが、千鳥を見ている限り、どうも忙しいって感じはしないんだよな」

幸吉は、微かな嘲《あざけ》りを滲ませた。

「幸吉の兄貴……」

「もし、本当に忙しくないのなら、そいつはどうしてかだな」

「ひょっとしたら、それとなく客を断っているのかもしれませんね」

由松は読んだ。

「だが見た処、普通に商いをしている……」

幸吉は、窓から船宿『千鳥』を眺めた。

船宿『千鳥』の船着場に繋がれた屋根船は、緩やかな流れに揺れていた。

由松は、幸吉と窓辺に並んで船宿『千鳥』を眺めた。

「船宿の商い、隠れ蓑って事ですか……」

「違うかな……」

「じゃあ、千鳥の長兵衛、やっぱり盗賊天狗の政五郎の一味……」

由松は、嬉しげな笑みを浮かべた。

「ああ。まだ確かな証拠はないがな……」

幸吉は、厳しい面持ちで頷いた。


神田駿河台は大名旗本の屋敷が連なり、静けさに包まれていた。

常陸国三浦藩江戸上屋敷は、駿河台一ツ橋通り小川町にあった。

風呂敷包みを持った中間は、雲海坊の睨み通り三浦藩江戸上屋敷に入った。

手紙を届けるだけの使いなら時は掛からない……。

雲海坊は、中間の出て来るのを待った。

四半刻が過ぎた頃、中間は三浦藩江戸上屋敷から出て来た。

中間は、仕事を終えて安心したのか大きく背伸びをして歩き出した。

雲海坊は追った。

三

鎌倉河岸は荷揚げも終わり、外濠の水面は眩しく輝いていた。

中間は、武家屋敷街を抜けて三河町に入り、鎌倉河岸の傍の一膳飯屋に入った。

上手い具合に飯屋に入った……。

雲海坊は、中間に続いて一膳飯屋の暖簾を潜った。

一膳飯屋は空いていた。

雲海坊は、入れ込みの隅にいる中間の隣に座った。

「いらっしゃい……」

若い衆が、雲海坊に注文を取りに来た。

「浅蜊のぶっかけ飯と酒をな……」

雲海坊は注文した。

「へい」

若い衆は板場に戻った。

「お待ちどお」

僅かな時が過ぎ、若い衆が雲海坊に酒を持って来た。

「待ちかねたぜ」

雲海坊は、嬉しげに笑った。

中間は、雲海坊の酒を羨ましげに盗み見した。

酒好き……。

雲海坊は笑い、手酌で酒を猪口に満たして飲み干した。

「ああ、美味い。夏の昼酒は堪《たま》らねえ。どうだい、一杯」

雲海坊は、中間に猪口を勧めた。

「えっ、ええ……」

中間は、戸惑いながらも猪口を受け取った。

雲海坊は、中間に酒を注いでやった。

「ま、やってくれ」

「へい。じゃあ……」

中間は、猪口の酒をすった。

「美味え……」

中間は笑った。

「だろう。おう、兄い。酒を後二、三本持って来てくれ」

雲海坊は、若い衆に注文した。


大川からの川風は、居間を涼やかに吹き抜けた。

幸吉は、船宿『千鳥』に感じた事を弥平次に報せた。

「船宿は隠れ蓑か……」

弥平次は眉をひそめた。

「ええ。長兵衛たちが天狗の政五郎一味の盗賊だって確かな証拠はまだですが……」

幸吉は、口惜しさを過ぎらせた。

「うむ……」

弥平次は頷いた。

「せめて、客を断っているのが、はっきりすればいいんですがね……」

「お前さん……」

おまきがやって来た。

「なんだい」

「秋山さまがお見えですよ」

「秋山さま……」

「ええ。座敷にお通ししましたよ」

「分かった。幸吉……」

弥平次は、幸吉を従えて久蔵の待っている座敷に急いだ。

甘味処『桜や』は、浜町堀を挟んで船宿『千鳥』のある元浜町と向かい合う橘町一丁目にある。

和馬は、橘町一丁目の木戸番屋を訪れた。

木戸番は町に雇われ、町木戸の管理と夜廻りなどを仕事としていた。

橘町一丁目の木戸番屋は、夫婦の住込みで店で草鞋《わらじ》や団扇《うちわ》などの荒物と金魚を売っていた。

「甘味処の桜やですか……」

木戸番の茂吉《もきち》は、戸惑いを浮かべた。

「うん。どんな店かな」

和馬は、茂吉の女房が出してくれた冷たい茶を飲んだ。

「どんなと仰《おつしや》っても、善助《ぜんすけ》さん夫婦が八年も前から営んでいましてね。安くて美味いと専らの評判で、結構繁盛していますが……」

茂吉は困惑を浮かべた。

「善助か……」

「へい」

「善助、どんな奴かな」

「真面目な働き者ですよ」

「そうか。夫婦の他に奉公人は……」

「奉公人はおりませんでしてね。善助さんとおしずさん夫婦。それに娘の三人で営んでいますよ」

「ほう、娘がいるのか……」

和馬は、甘味処『桜や』で見掛けた娘を思い浮かべた。

「へい。おちよちゃんと云いましてね。今年で十七歳になりますか、気立ての良い娘ですよ」

おちよ、十七歳……。

和馬は、自分を見つめていたと思われる娘をおちよと見定めた。

おちよが、和馬の組屋敷に手紙を投げ込んだとしたなら、知り合いの中にいる筈だ。

和馬は、己の身辺におちよと云う名の女を捜した。しかし、おちよと云う名の娘は、身辺や知り合いの中にはいなかった。

甘味処『桜や』は繁盛していた。

和馬は、物陰に潜んで『桜や』を窺った。

若い娘客が、暖簾を揺らして出て来た。

「毎度ありがとうございました」

前掛姿の娘が、店から出て来て若い娘客を見送った。

おちよだ……。

和馬は、前掛姿の娘をおちよと見定めた。

「おちよちゃん、葛餅《くずもち》、まだあるかしら……」

粋な着物姿の女客がやって来た。

「はい。いらっしゃい……」

おちよは、粋な着物姿の女客と一緒に店に戻った。

和馬は見送った。

おちよ……。

和馬は、おちよの顔に見覚えはなかった。

あの時、自分を見ていた視線の主は、おちよしかいない筈だ。そうだとしたなら、おちよは和馬を知っているのだ。

俺は知らなくても、おちよは知っている……。

和馬は、思案を巡らせた。

他にあり得るのは、父親の善助と母親のおしずが和馬を知っており、おちよに教えたと云う場合だ。

善助とおしず……。

木戸番の茂吉の話では、善助とおしず夫婦は真面目な働き者であり、町内の者たちにも評判が良かった。だが、船宿『千鳥』の例もある。

真面目で働き者の裏には、何かが潜んでいるのかもしれない……。

浜町堀を吹き抜けた風が、和馬の鬢《びん》の解《ほつ》れ髪を揺らした。

和馬は吐息を洩らし、鰻屋『鰻徳』に向かった。


船宿『千鳥』は暖簾を風に揺らしていた。

由松は、鰻屋『鰻徳』の二階の座敷の窓から『千鳥』を見張り続けていた。

日頃の疲れと退屈さが忍び寄った。

由松は大欠伸《あくび》をした。

階段を上がって来る足音がした。

由松は、慌てて欠伸を嚙み殺した。

「やあ……」

和馬が戻って来た。

「お帰りなさい」

「どうだ……」

「別に変わった事はありませんよ」

由松は苦笑した。

「退屈過ぎて草臥《くたび》れたようだな」

和馬は笑った。

「ええ。まあ……」

「幸吉はどうした……」

「幸吉の兄貴は、親分の処に……」

「笹舟か……」

「ええ。実は……」

由松は、幸吉が弥平次の許に行った理由を話し始めた。

大川に架かる新大橋は長さが百十六間あり、浜町と深川を繋いでいる。新大橋の名は、上流に架かる両国橋が〝大橋〟と呼ばれていた頃に出来たからである。

中間は、酔った足取りを懸命に隠して新大橋を渡って行く。

行き先は三浦藩江戸下屋敷……。

雲海坊は、充分な距離を取って続いた。

中間は、雲海坊に勧められるままに酒を飲み、三浦藩江戸下屋敷の内情を洩らした。

雲海坊は、下屋敷留守番頭・大森甚十郎《おおもりじんじゅうろう》の許に常陸三浦の国元から織物問屋の隠居が訪ねて来ているのを聞き出した。

『千鳥』の長兵衛が下屋敷に訪ねた相手は、三浦から来た織物問屋の隠居なのかもしれない。

雲海坊は睨んだ。

中間は新大橋を渡り、小名木川に並ぶ道を三浦藩江戸下屋敷に向かった。

雲海坊は追った。

「いらっしゃいませ」

小女のおたまの客を迎える威勢の良い声が、『鰻徳』の二階の座敷に届いた。

弥平次が、階段を上がって来た。

「こりゃあ、親分……」

由松が迎えた。

「うん。御苦労さまです、和馬の旦那」

弥平次は、和馬に挨拶をした。

「どうかしたのか、親分……」

「千鳥が客を断っているんじゃあないかと、幸吉から聞きましてね。ちょいと確かめてみようかと……」

「確かめる……」

和馬は、戸惑いを浮かべた。

「ええ……」

「旦那、親分、幸吉の兄貴です」

窓辺にいた由松が、和馬と弥平次を呼んだ。

和馬と弥平次は、窓辺に寄った。

お店者《たなもの》を装った幸吉が、窓の下に見える浜町河岸をやって来た。

和馬、弥平次、由松は見守った。

幸吉は、対岸にある鰻屋『鰻徳』の二階の窓を一瞥し、船宿『千鳥』の暖簾を潜った。


「おいでなさいませ……」

女将のおようが、幸吉を迎えに帳場から出て来た
「女将さん、手前は人形町の通りにある筆宗《ふでむね》と云う筆屋の者ですが、今夜暮六つから屋根船を仕立てて欲しいのですが……」

幸吉は、笑みを絶やさずお店者を装った。

「それはそれは、わざわざお出でいただいて申し訳ございませんが、今夜はもうお客さまが決まっておりまして……」

女将のおようは、申し訳なさそうに頭を下げて断った。

幸吉は粘った。

「じゃあ、明日か明後日は如何でしょうか」

「あの、明日も明後日も……」

女将のおようは、帳簿を見もせずに断った。

「仕立てられませんか……」

「はい。申し訳ございません」

女将のおようは詫びた。

「じゃあ、仕方がありませんね」

断られた……。

幸吉は、吐息を洩らして店の奥を窺った。

男の影が、居間の戸口に掛かる暖簾の陰に隠れた。

長兵衛だ……。

幸吉は見定めた。

「あの……」

女将のおようは眉をひそめた。

「あっ。お邪魔をしました」

幸吉は、船宿『千鳥』を出た。

「申し訳ございません」

女将のおようは見送った。

船宿『千鳥』を出た幸吉は、浜町河岸を栄橋に進んで行った。

「断られたんですかね」

由松は眉をひそめた。

「さあ、どうかな……」

和馬は首を捻った。

「断られましたよ」

弥平次は苦笑した。

「どうしてですかい」

「屋根船を仕立てられれば来た道を戻る。断られたら栄橋に向かう……」

弥平次と幸吉は、そう取り決めていた。

「成る程。で、幸吉は栄橋に向かったか……」

和馬は笑った。

「ええ。ま、幸吉が来れば、どんな風に断られたのか分かりますよ」

「うん……」

「処で和馬の旦那、甘味処の娘、どうでした」

「おちよと云って、甘味処桜やの十七歳になる娘なんだが、見覚えないいんだよ」

和馬は眉をひそめた。

「十七歳のおちよですか……」

「うん」

「秋山さまの見立てでは、垂込んだのは盗賊天狗の政五郎に恨みを持ち、和馬の旦那を知っている者だそうです。となると、十七歳の娘ってのはどうですかね」

弥平次は首を捻った。

「そうなると、おちよの父親の善助か母親のおしず……」

「その二人に見覚えは……」

「そいつが、桜やの奥の板場に入っていてね。まだ面を拝んじゃあいないんだ」

「じゃあ、あっしが拝んで来ますよ」

「親分が……」

「ええ。和馬の旦那の扱った事件の殆どは、あっしがお手伝いをしております。事件絡みなら、あっしも見覚えがあるかと……」

「そりゃあそうだな……」

和馬は頷いた。

「それに、亡くなられた旦那の御父上さまのお手伝いもして来ましたので……」

「父上の扱った事件に拘わりがあるのか……」

和馬は、驚きを滲ませた。

「かもしれないと、秋山さまが……」

和馬の死んだ父親の神崎兵衛《ひょうえ》は、やはり南町奉行所定町廻り同心だった。

久蔵は、和馬の組屋敷に手紙を投げ込んだ者が、神崎兵衛に拘わりがあるかもしれないと読み、弥平次に調べるように命じた。

「秋山さまが……」

「ええ……」

弥平次は頷いた。

幸吉が、階段を上がって来た。

「断られたか……」

「ええ。今夜も明日も明後日も。帳簿を見もしないで断られましたよ」

幸吉は苦笑した。

「一見《いちげん》の客を取る気はないようだな」

弥平次は睨んだ。

「はい……」

「じゃあ、客は知った者ばかりか……」

和馬は読んだ。

船宿『千鳥』は、幸吉たちの睨み通り、一見の客は断っていた。

「どんな馴染だか……」

幸吉は、嘲笑を浮かべた。

「よし。幸吉、由松、千鳥にどんな馴染客がいるのか調べてみよう」

和馬は決めた。

小名木川は、大名家下屋敷の間を静かに流れていた。

雲海坊は、織物問屋の隠居が三浦藩江戸下屋敷の横手にある裏門から出入りしていると睨んだ。

裏門を出ると小名木川になり、船着場もあって密かに出入りするのには好都合だ。

雲海坊は、小名木川を挟んだ大名家江戸下屋敷の中間頭に金を握らせ、中間長屋に潜り込んだ。

中間長屋の窓からは、三浦藩江戸下屋敷の裏門と船着場が見えた。

織物問屋の隠居は、天狗の政五郎なのかもしれない。

見定めなければならない……。

雲海坊は、腰を据えて見張り始めた。


甘味処『桜や』の店内には、甘い香りと女のお喋《しゃべ》りが溢れていた。

弥平次は、店の隅で茶をすすりながら団子を食べた。団子はきめ細かくて柔らかく、美味かった。

おちよは、明るく笑いながら客の応対をしていた。

賢くて気立ての良い娘だ……。

弥平次は、秋山家に行儀見習いに行っている養女のお糸を思い出した。

「旦那さん、お茶は如何ですか……」

おちよは、土瓶を持って弥平次の傍に来た。

「おお、頂こうかな」

おちよは、弥平次の湯呑茶碗に茶を注ぎ足した。

「おちよちゃんって云うのかい……」

「はい」

おちよは微笑んだ。

「爺《じじ》いの客は珍しいだろうねえ」

弥平次は笑った。

「いいえ……」

おちよは微笑んだ。

「おちよちゃんは、桜やさんの娘かな」

「そうです。お父っつあんとおっ母さんの三人でやってます」

「そうか。良いねえ、家族一緒に仲良く仕事をするなんて……」

「はい……」

おちよは、楽しげに頷いた。

「おちよ……」

板場の暖簾から父親が顔を出し、おちよを呼んだ。

「はい……」

弥平次は、素早く湯呑茶碗の茶をすすって口元を隠した。

父親は、白髪頭で小柄な五十歳代の男だった。

「葛餅が出来たよ」

「はい。じゃあ、ごゆっくり」

おちよは、板場の父親の許に行った。

見覚えがある……。

弥平次は、おちよの父親の顔に見覚えがあった。だが、おちよの父親の名である善助とは云わなかった。

何処の誰だったか……。

弥平次は、思い出せなかった。

いずれにしろ、事件に絡んで見覚えた顔に違いなかった。

弥平次は、己の老いを思い知って苦笑した。

甘味処『桜や』は女客で賑わった。


浜町堀に夕陽が映えた。

船宿『千鳥』の前に町駕籠《まちかご》が着き、大店の旦那風の男が降り立った。

女将のおようが、迎えに出て来て『千鳥』に案内した。そして、船頭の竹造が、船着場に降りて屋根船の仕度をし始めた。

「客だな……」

和馬は立ち上がった。

「由松、後は頼んだ」

幸吉が続いた。

「合点です」

和馬と幸吉は、由松を残して鰻屋『鰻徳』の二階を駆け降りた。

四

屋根船は夕暮れの隅田川を遡った。

幸吉の漕ぐ猪牙舟は、和馬を乗せて屋根船を追った。

竹造の操る屋根船には、大店の旦那風の男と芸者や幇間《ほうかん》が乗っていた。

屋根船には明かりが灯され、三味線の爪弾きが洩れていた。

芸者と幇間は、大店の旦那風の男が船宿の『千鳥』を訪れた後に来て一緒に屋根船に乗ったのだ。

屋根船は、浜町堀から三ツ俣を抜けて大川を遡った。

「どうやら、大店の旦那の船遊びだな」

「ええ。何処の店の旦那でしょうね」

「うん……」

幸吉と和馬の乗った猪牙舟は追った。

夜の大川の流れには、船の明かりが美しく映えていた。


大川に涼やかな風が吹き抜けた。

竹造の操る屋根船は、障子を開け放して夏の暑さを散らしていた。

障子の内では、大店の旦那風の男が芸者や幇間を相手に酒を楽しんでいた。

一刻近くが過ぎ、竹造は屋根船の舳先を下流に向けた。

幸吉と和馬の猪牙舟は、竹造の操る屋根船を追った。

竹造の操る屋根船は、新大橋を潜って三ツ俣に入った。

「浜町河岸の千鳥に戻るのかな……」

「さあ、どうですかね」

幸吉は、猪牙舟を静かに進めた。

三ツ俣から日本橋川に行く途中に浜町堀はある。しかし、竹造の操る屋根船は、浜町堀に入らず、日本橋川に向かった。

「千鳥じゃあないな……」

和馬は眉をひそめた。

「ええ。大店の旦那を家に送ってくれれば、馴染客を調べる手間が省けるんですがね」

幸吉は、大店の旦那風の男を船宿『千鳥』の馴染客だと睨んでいた。

竹造の操る屋根船は、箱崎橋を潜って日本橋川に出た。そして、日本橋川を遡り、鎧《よろい》ノ渡を通り抜けて江戸橋の手前を楓川《もみじがわ》に曲がった。

日本橋だ……。

「こりゃあ、幸吉の目論み通りになるようだ」

和馬は笑った。

竹造の操る屋根船は、大店の旦那風の男を家に送るのだ。

「我ながら良い勘ですぜ……」

幸吉は笑った。

屋根船は楓川を進み、新場《しんば》橋の船着場に船縁を寄せた。

「幸吉、堀端に寄せろ」

和馬は、着物の裾を端折《はしょ》って長い脛を剝き出しにした。

幸吉は、猪牙舟を堀端に寄せた。

和馬は、船底を蹴って堀端に取り付き、楓川沿いの道に上がった。

大店の旦那風の男が、提灯を持った幇間を従えて新場橋の船着場から上がって来た。

和馬は、暗がりに身を潜めた。

大店の旦那風の男と幇間は、日本橋通りに向かった。

和馬は追った。

大店の旦那風の男と幇間は、箔屋町《はくやちょう》にある大店の潜り戸を叩いた。潜り戸が開き、若い奉公人が顔を出した。

大店の旦那風の男は、幇間を労って潜り戸から店に入った。

幇間は、頭を下げて見送り、大店の周囲を念入りに透かし見た。

和馬は、微かな戸惑いを覚えた。

幇間は、大店の周囲を透かし見た後、新場橋の船着場に足早に戻って行った。

和馬は、大店の軒看板を見上げた。

軒看板には『茶道具屋・恵比寿堂《えびすどう》』と書かれていた。

「茶道具屋の恵比寿堂か……」

和馬は、箔屋町の木戸番屋に向かった。


浜町河岸の甘味処『桜や』は、大戸を閉めて静けさに包まれていた。

弥平次は、物陰に潜んでいた。

戌の刻五つ(午後八時)が過ぎた時、『桜や』の潜り戸が開いた。

弥平次は、物陰から見つめた。

風呂桶を抱えたおちよが、母親のおしずと一緒に出て来た。

やはり湯屋に行く……。

弥平次は、己の睨みが当たったのを喜んだ。

おちよとおしずは、楽しげにお喋りをしながら湯屋に急いだ。

弥平次は、不意に思い出した。

お蝶《ちょう》……。

弥平次は、母親のおしずがお蝶に良く似ているのに気が付いた。

おしずとおちよ母子は、下駄を軽やかに鳴らして湯屋の暖簾を潜った。

弥平次は、暗がりに佇んだ。

「お蝶……」

弥平次は、おしずの入った湯屋を見つめて思わず呟いた。

その昔、お蝶は弥平次と和馬の父親の神崎兵衛が追っていた盗賊一味の一人だった。その頃、お蝶は大工だった亭主を亡くし、赤ん坊のおちよを抱えて盗賊の手伝いをしていた。だが、盗賊の非道さに足を洗いたがっていた。

神崎兵衛と弥平次は、お蝶からの垂込みで盗賊一味をお縄にした。そして、お蝶と赤ん坊を密かに逃がした。

以来、お蝶とは逢ってはいなかった。

その時、神崎兵衛は、お蝶を慕っていた盗賊の三下を一緒に逃がした。

その時の三下が、甘味処『桜や』の亭主でおちよの父親の善助なのだ。

弥平次は、善助が何者なのかようやく思い出した。そして、お蝶の抱いていた赤ん坊がおちよだと知った。

弥平次は、湯屋の前の暗がりに佇み続けた。

湯屋の客が出入りし、四半刻が過ぎた。

おしずとおちよ母子は、湯上がりの香りを漂わせて出て来た。

弥平次は追った。

おしずとおちよは、何事もなく甘味処『桜や』に戻った。

弥平次は見届け、浜町河岸を立ち去った。

櫓を軋《きし》ませて来る船の明かりが、浜町堀に揺れた。


朝、南町奉行所の庭には木洩れ日が煌めいていた。

秋山久蔵は、南町奉行所の表門を潜った。

「お早うございます……」

弥平次が、表門脇の腰掛けで待っていた。

「おう。親分、何か分かったかい……」

「はい……」

弥平次は頷いた。


用部屋には、夜の涼やかさが残っていた。

「和馬の組屋敷に手紙を投げ込んだのが誰か、分かったようだな」

久蔵は、その眼に笑みを滲ませた。

「どうにか……」

「やはり、浜町河岸の甘味処と拘わりあったかい……」

「はい。甘味処の主夫婦、おちよの両親ですが、神崎兵衛さまと拘わりがありました」

「ほう。亡くなった和馬の御父上とか……」

「はい……」

「詳しく聞かせて貰おうか……」

「もう十六年も前になりますか……」

弥平次は、おちよの母親おしずと神崎兵衛との拘わりを話した。

「そのお蝶が、おしずだったのか……」

「はい。そして、亭主の善助は、その時にお蝶と一緒に逃がした盗賊一味の文助《ぶんすけ》と云う三下でした」

昨夜、弥平次は船宿『笹舟』に帰り、十六年前の事を懸命に思い出した。

「じゃあ、そのお蝶と文助が、和馬の組屋敷に手紙を投げ込んだのか……」

「きっと。ですが、分からないのは、おちよが何故、和馬の旦那を知っているのかって事です」

弥平次は眉をひそめた。

「そいつは、おしずと善助が自分たちの昔の事をおちよに話しているからだろうな」

久蔵は読んだ。

「成る程。では、どうして天狗の政五郎を売ったのかは……」

「弥平次、おしずと善助は、天狗の政五郎を知っていて、自分たちが元盗賊のお蝶と文助だと気付かれるのを恐れた……」

「それで、先手を打って垂込みましたか……」

「違うかな……」

久蔵は、小さな笑みを浮かべた。

「いえ、仰る通りかと……」

弥平次は頷いた。

「で、どうする」

「和馬の旦那には、お報せすべきでしょうが」

弥平次は、言葉を濁した。

「後は眼を瞑《つむ》るか……」

「出来るものなら……」

「そいつが神崎兵衛の気持ちなら、大事にしなきゃあならねえな」

「はい……」

「弥平次、此度《こたび》の捕物は、外道働きの盗賊天狗の政五郎一味をお縄にするのが狙いだ。大昔に足を洗った元盗賊夫婦に構っている暇はねえさ」

久蔵は笑った。

「かたじけのうございます」

弥平次は、感謝を込めて頭を下げた。

「秋山さま……」

和馬が用部屋にやって来た。

「おう……」

「やあ。親分、来ていたのか……」

「はい。お早うございます」

「で、どうした」

久蔵は、和馬に話を促した。

「はい。昨夜、千鳥の馴染客を幸吉と追ったのですが、日本橋は箔屋町の茶道具屋恵比寿堂の主の喜左衛門《きざえもん》でした」

「恵比寿堂の喜左衛門の旦那……」

弥平次は戸惑った。

「知っているのか……」

「はい。恵比寿堂は老舗の茶道具屋で、多くの大名旗本家の御用達を務め、驚く程高値の茶道具を扱うと、専らの噂にございます」

弥平次は告げた。

「和馬、その恵比寿堂の喜左衛門が、千鳥の馴染客なんだな」

「はい。それで、喜左衛門を店に送った幇間が恵比寿堂の周囲を窺っていましてね」

和馬は、薄笑いを浮かべた。

「じゃあ、その幇間……」

弥平次は眉をひそめた。

「うん。天狗の政五郎の一味かも知れない」

和馬は頷いた。

「となると和馬。天狗の政五郎一味は、恵比寿堂に押し込もうとしているっててのか……」

　久蔵の眼が鋭く輝いた。

「かもしれません……」

「よし……」

　久蔵は、楽しげな笑みを浮かべた。

　庭に風が吹き抜け、木洩れ日が揺れた。


　船宿『千鳥』の主の長兵衛は、竹造の操る屋根船に乗って浜町堀を下った。

　幸吉と由松は、猪牙舟に乗って追った。

　長兵衛を乗せた屋根船は、三ツ俣から大川を横断して小名木川に入った。

「行き先、三浦藩の下屋敷ですか……」

　由松は睨んだ。

「きっとな……」

　幸吉は頷いた。

　長兵衛の乗った屋根船は、大名家下屋敷の間を流れる小名木川を進んだ。そして、三浦藩江戸下屋敷の船着場に船縁を寄せた。

長兵衛は船着場に降り、竹造は屋根船を手早く繋いだ。

長兵衛は、裏門を叩いて何事かを告げた。

裏門が僅かに開き、長兵衛と竹造が素早く下屋敷に入った。

幸吉と由松は、斜向かいの船着場に猪牙舟を着けて見届けた。

雲海坊の読む経が聞こえた。

「雲海坊の兄貴ですぜ」

由松は、小名木川沿いの道を見廻した。

小名木川沿いには、大名家の下屋敷が並んでいるだけで人影はなかった。

由松と幸吉は、猪牙舟を降りて小名木川沿いの道に上がった。

雲海坊の経は、三浦藩江戸下屋敷と小名木川を挟んだ処にある大名家下屋敷から聞こえて来ていた。

幸吉と由松は、大名家下屋敷の表門脇にある武者窓を窺った。

「やあ。やっぱり、長兵衛の野郎を追って来ていたか」

武者窓の中で雲海坊が笑っていた。

雲海坊は、長兵衛と竹造が三浦藩江戸下屋敷に来たのを知り、幸吉たちが追って来ていると睨んだ。そして、己の居場所を報せる為に経を読んだのだ。

「それで雲海坊の方は何か……」

「ああ。ちょいと面白い事をな……」

雲海坊は、三浦藩江戸下屋敷の中間に聞いた常陸三浦の織物問屋の隠居の事を話した。

「織物問屋の隠居か……」

幸吉は眉をひそめた。

「それにしても、どうやって大名家下屋敷に潜り込んだのですかね」

由松は眉をひそめた。

「下屋敷の留守番頭の大森甚十郎の知り合いって触れ込みだそうだぜ」

雲海坊は苦笑した。

「その隠居の面、まだ拝んでないのか……」

「ああ。野郎、一歩も出て来やしねえ。それでそっちはどうなんだ」

「うん。それなんだがな……」

幸吉は、船宿『千鳥』の様子を教えた。

「そして、長兵衛が織物問屋の隠居に逢いに来たとなると、天狗の政五郎の押し込みは近いのかもしれねえな」

雲海坊は読んだ。

「ああ。よし、俺はこの事を親分と和馬の旦那に報せる。由松は雲海坊とこっちを頼む」

「承知……」

由松は頷いた。

「じゃあ雲海坊、頼んだぜ」

「ああ。任せておけ」

幸吉は、由松と猪牙舟を雲海坊の許に残して浜町河岸に走った。


茶道具屋『恵比寿堂』は、日本橋通南三丁目の箔屋町にあった。

「邪魔するぜ」

着流しで塗笠を被った久蔵は、弥平次と共に『恵比寿堂』の暖簾を潜った。

茶の香りが微かに漂い、手代たち奉公人が忙しく働いていた。

「おいでなさいまし」

番頭が、帳場から迎えに出て来た。

「私は柳橋の弥平次って者ですが、旦那の喜左衛門さんはおいでですかい」

弥平次は、懐の十手を僅かに見せた。

「は、はい……」

番頭は戸惑い、恐ろしげに久蔵を一瞥した。

「南の御番所の秋山久蔵さまですよ」

「あ、秋山久蔵さま……」

番頭は、久蔵の名を聞いた覚えがあるのか、緊張を過ぎらせた。

「ああ。秋山久蔵だが、旦那の喜左衛門に逢えるかな」

久蔵は、笑顔で尋ねた。


『恵比寿堂』の奥座敷は、日本橋通りの賑わいにも拘わらず静かだった。

久蔵と弥平次は、出された茶をすすりながら喜左衛門を待った。

「お待たせ致しまして申し訳ございません」

喜左衛門は、髷《まげ》を寝癖に歪ませ浮腫《むく》んだ顔で現れて平伏した。

「二日酔いかい……」

久蔵は苦笑した。

「えっ。いえ。畏《おそ》れいります」

喜左衛門は狼狽《うろた》えた。

「喜左衛門さん、浜町河岸の千鳥って船宿の馴染だそうですね」

弥平次は、厳しい眼差しを向けた。

「は、はい。左様でございますが……」

「どうして馴染になったんだい」

「はあ。知り合いの御隠居さんに連れて行かれ、それ以来、何かと便宜を図って
くれまして、それで……」

「知り合いの御隠居ってのは、何処の誰だい」

「はあ。常陸三浦の織物問屋の友蔵《ともぞう》さんですが、それが何か……」

「秋山さま……」

弥平次は、喜左衛門を無視した。

「ああ。常陸三浦の隠居の友蔵。おそらく天狗の政五郎だ……」

弥平次は頷いた。

「処で喜左衛門……」

「は、はい……」

　喜左衛門は、怯《おび》えを過ぎらせた。

「近々、纏《まと》まった大金が入るんじゃあないのかい」

「えっ……」

　喜左衛門は驚いた。

「どうなんだ」

　久蔵は、厳しさを浮かべた。

「は、はい。今日、日暮れまでに高家《こうけ》六角宗憲《ろっかくむねのり》さまがお誂《あつら》えになった白銀《しろがね》の茶道具の代金五百両が……」

「届けられるのか……」

「はい」

　喜左衛門は、怯えたように頷いた。

「秋山さま……」

「弥平次、どうやら天狗の狙いはそいつだな」

「じゃあ……」

　弥平次は、厳しい面持ちで久蔵を窺った。

「おそらく今夜だ……」

久蔵は冷たく笑った。

船宿『千鳥』の船着場には、屋根船は一艘しか繋がれていなかった。

もう一艘の屋根船が出掛け、幸吉と由松が追って行った。二人が一緒に行ったのは、おそらく長兵衛が出掛けたからに他ならない。

和馬はそう睨み、船宿『千鳥』の見張りに付いた。

浜町河岸を幇間がやって来て、船宿『千鳥』に入って行った。

和馬は見届けた。

幸吉が上がって来た。

「和馬の旦那……」

「おう。長兵衛の野郎、出掛けたのか」

「はい。深川の三浦藩江戸下屋敷に……」

幸吉は、厳しい面持ちで頷いた。

「三浦藩の下屋敷か……」

「ええ。三浦の織物問屋の隠居に逢いに行ったようですぜ」

「織物問屋の隠居な……」

「旦那、その隠居が天狗の政五郎なら、押し込みは近いかもしれません」

幸吉は眉をひそめた。

「ああ。千鳥にも得体の知れない遊び人や幇間が入ったまま出て来ない。こいつは、ひょっとしたらひょっとするぜ」

和馬は、緊張を滲ませた。

陽は西に大きく傾いた。

五

夕暮れ刻が訪れ、小名木川を行き交う船は途絶えた。

常陸国三浦藩江戸下屋敷の裏門が開き、船頭の竹造が出て来た。竹造は船着場に降り、屋根船の舫い綱を解いて舳先を大川に向けた。

長兵衛が、初老の男と裏門から現れて向きを変えた屋根船に乗った。

長兵衛は、初老の男を障子の内に乗せて竹造に声を掛けた。竹造は、屋根船を大川に向けて漕ぎ出した。

「あの年寄りが織物問屋の隠居ですね」

由松は、天狗の政五郎の人相書を手にしている雲海坊に尋ねた。

「ああ。天狗の政五郎に違いねえ」

「じゃあ……」

由松は、雲海坊を乗せた猪牙舟を操り、長兵衛たちの乗った屋根船を追った。

小名木川は暮れていく。


船宿『千鳥』は軒行燈を灯した。

昼間に訪れた幇間や遊び人たちは、日が暮れても出て来る気配はなかった。

和馬と幸吉は見張った。

「いらっしゃいませ」

鰻屋『鰻徳』のおたまの、客を迎える威勢の良い声が響いた。

階段を上がって来る足音がし、弥平次が風呂敷包みを担いだ勇次と二階の座敷に入って来た。

「こりゃあ親分……」

幸吉は膝を揃えた。

「うん。御苦労さまです……」

弥平次は、和馬に挨拶をした。

「それより親分、恵比寿堂はどうだった」

「睨み通りですよ」

「やっぱり……」

和馬は眉をひそめた。

「親分、千鳥にも得体の知れない野郎共が五人、集まっています」

幸吉は告げた。

「そうか。勇次、和馬の旦那に……」

「はい」

勇次は、担いで来た風呂敷包みを和馬に差し出した。

「秋山さまに頼まれました」

和馬は、風呂敷包みを解いた。

中には、鎖帷子《くさりかたびら》、籠手《こて》、臑当《すねあ》て、鉢鉄《はちがね》、刃引の刀、長十手などが入っていた。

同心の捕物出役装束と道具だった。

「親分、じゃあ……」

和馬は眉をひそめた。

「ええ。秋山さまは、天狗の政五郎一味の恵比寿堂押し込みを今夜と睨み、捕物出役の仕度を始められました」

「そうか……」

和馬は、緊張に喉を鳴らした。

「親分、和馬の旦那……」

幸吉が窓辺から呼んだ。

和馬と弥平次は、窓辺にいる幸吉と並んだ。

竹造の操る屋根船が、船宿『千鳥』の船着場に船縁を寄せた。そして、屋根船から長兵衛と初老の男が降り、『千鳥』に入って行った。

「長兵衛と千鳥に入った年寄り、天狗の政五郎だ……」

和馬は見定めた。

「ええ……」

弥平次と幸吉は頷いた。

雲海坊と由松が入って来た。

「御苦労だな」

弥平次は労った。

「こりゃあ親分。天狗の政五郎、ようやく面を見せましたぜ」

雲海坊は笑った。

「三浦藩江戸下屋敷から来たのは、政五郎と長兵衛、それに船頭の三人だな」

「はい」

由松は頷いた。

「千鳥にいたのは、もう一人の船頭と下男。それに幇間たちが五人。都合七人……」

和馬は数えた。

「じゃあ、政五郎や長兵衛たちと合わせて十人ですか……」

幸吉は眉をひそめた。

「和馬の旦那、秋山さまは甘味処の桜やにいます。この事を……」

弥平次が勧めた。

「秋山さま、桜やにいるのか……」

和馬は戸惑った。

「はい」

「よし。じゃあお報せして来るよ」

和馬は、二階の座敷から降りて行った。

「親分、秋山さま、どうして桜やに……」

幸吉は眉をひそめた。

「うん。いろいろあってな。それより腹拵《はらごしら》えだ。勇次、鰻重を人数分と酒を二、三本頼んで来い」

「合点です」

勇次は、『鰻徳』の店に降りて行った。

「さあて、盗賊天狗の政五郎一味が動く迄には、未だ間がある。せいぜい身体を休めて置くんだな」

弥平次は、穏やかな笑みを浮かべた。


甘味処『桜や』の暖簾は、夜風に揺れていた。

「邪魔をする」

和馬は、揺れる暖簾を潜って『桜や』に入った。

「あっ……」

帳場にいたおちよは、和馬を見て微かに狼狽えた。

「来たか、和馬。こっちだ」

久蔵は、窓辺に座って茶をすすっていた。

和馬は、他に客のいない店内を進んで久蔵の前に座った。

「いらっしゃいませ」

おちよは、和馬に茶を運んだ。

「あの、ご注文は……」

「安倍川餅《あべかわもち》を頼む」

「はい。あの……」

おちよは、久蔵に困惑した眼を向けた。

「うん。四半刻もしたら帰る。何なら暖簾を仕舞うんだな」

「はい……」

おちよは頷き、板場に注文を通しに行った。

板場には、善助とおしずが呆然とした面持ちで佇んでいた。

善助とおしずは、得体の知れない侍が同心の神崎和馬の上司だと気が付いた。

上司なら町奉行所の与力……。

善助とおしずは、激しい恐怖に衝き上げられていた。

「お父っつあん、安倍川餅を一つ……」

おちよは、善助に小声で告げた。

善助は、微かに震えていた。

「お前さん……」

おしずは、善助を励ました。

「ああ……」

善助は頷き、微かに震える手で安倍川餅を作り始めた。


久蔵は茶をすすった。

「それで和馬。天狗の政五郎はどうした」

「千鳥に入りました。押し込みは今夜ですね」

和馬は意気込んだ。

「うむ。今日、恵比寿堂には高家六角家から誂えの茶道具代、五百両が届く。天狗の政五郎一味はそいつを狙って押し込む筈だ」

「はい。それで今の処、千鳥に集まっているのは政五郎や長兵衛を含めて十人です」

「十人か……」

久蔵は、嘲りを滲ませた。

「気になるのは、その中に小頭の鉄蔵がいるかいないかです」

「小頭の鉄蔵か……」

「ええ。もし、今集まっている奴らの中にいなければ、後々面倒になります」

和馬は眉をひそめた。

「うむ……」

「どうします……」

「おまちどおさまでした」

おちよが、安倍川餅を持って来た。

「おう。こいつは美味そうだ」

和馬は、安倍川餅を食べ始めた。

おちよは、久蔵と和馬の湯呑茶碗に茶を注ぎ足した。

「善助とおしず、ちょいと呼んでくれないか」

久蔵は茶をすすった。

おちよは、凍て付いて言葉を失った。

「秋山さま……」

和馬は戸惑った。

「おちよ……」

久蔵は笑った。

「は、はい……」

おちよは我に返った。

「俺は南町奉行所の秋山久蔵と云う者だ。善助とおしずに、天狗の政五郎以外の者の事も聞きたいと伝えてくれ」

「じゃあ……」

和馬は驚いた。

「どのような事でしょうか……」

善助とおしずが、板場から出て来た。

「やあ。遅く迄、済まねえな」

久蔵は詫びた。

「天狗の政五郎一味の小頭鉄蔵は、千鳥にいるのかな」

「はい。千鳥の旦那の長兵衛が、小頭の鉄蔵にございます」

善助は、覚悟を決めて声を震わせた。

「そうか。聞いての通りだ。和馬……」

「はい。じゃあ秋山さま、組屋敷に届けられた手紙は……」

「そいつはきっと、和馬の死んだ御父上の手配りだろうぜ」

久蔵は笑った。

「父上の……」

和馬は、善助とおしずが亡き父神崎兵衛と知り合いなのに気が付いた。

「そうだったのか……」

和馬は、善助とおしずに笑い掛けた。

「神崎さま……」

「善助、おしず、お陰で外道働きの盗賊を始末出来る。礼を申すぞ」

和馬は、長身を折り曲げて頭を下げた。

「そ、そのような……」

善助とおしずは慌てた。

「よし。邪魔をしたな。千鳥でちょいと騒ぎが起こるが、戸締まりをしっかりして大人しくしているんだぜ」

「は、はい……」

「じゃあ、親子三人、末永く達者に暮らすんだな」

久蔵は笑った。

善助とおしずは戸惑い、おちよは嬉しさに笑顔を見せた。

「邪魔したな。行くぜ。和馬」

「はい……」

久蔵と和馬は、甘味処『桜や』を出た。

飯台には一朱金が残されていた。

善助とおしずはすすり泣いた。

おちよは、暖簾を仕舞って大戸を閉めた。

「さあさあ、お父っつあん、ちょいとした騒ぎが起こるんですよ」

おちよは、嬉しげに笑いながら善助を急がせた。その笑いには、微かな涙が含まれていた。


刻は過ぎた。

子《ね》の刻九つ（午前零時）になり、浜町河岸は眠りに就いていた。

船宿『千鳥』の裏手に続く闇が揺れた。

黒装束の男たちが裏手から現れ、船着場の屋根船に走った。

一人、二人、三人……。

八人の男たちは、二艘の屋根船に分乗した。

織物問屋の隠居友蔵こと天狗の政五郎と、船宿『千鳥』の主長兵衛こと小頭の鉄蔵が、女将のおようたちに見送られて出て来た。

刹那、浜町河岸と浜町堀に幾つもの高張提灯が掲げられ、龕燈《がんどう》提灯の明かりが天狗の政五郎と鉄蔵に集中された。

政五郎と鉄蔵は激しく狼狽えた。

二艘の屋根船の前後には、捕物出役姿の同心と捕り方を乗せた公儀の船が迫った。

政五郎は逃げようとした。

火事羽織に野袴《のばかま》の久蔵が陣笠を被り、鉄鞭《かなむち》を手にして立ちはだかった。

弥平次と雲海坊が従っていた。

「天狗の政五郎だな……」

「手前……」

「最早、これ迄だ。神妙にお縄を受けな」

「煩《うる》せえ」

天狗の政五郎は、怒りと怯えに顔を醜く歪めて怒鳴った。

和馬が、幸吉、由松、勇次を従えて背後を塞いだ。

天狗の政五郎と鉄蔵は囲まれた。

「我々町方は生かして捕らえるのが役目。だが、手に余る者はその限りに非ず。叩き斬れ」

久蔵は、厳しく命じた。

公儀の船は屋根船に迫った。

捕り方たちは、船縁から刺叉《さすまた》、袖搦《そでがらみ》、突棒《つくぼう》などで屋根船の障子を打ち壊し、逃げ惑う竹造や帮間たちを叩きのめした。

浜町堀に悲鳴と水飛沫《しぶき》が上がった。

盗賊たちは叩きのめされ、浜町堀に落ちて次々と捕らえられていった。

浜町堀の流れは血に染まった。

長兵衛こと鉄蔵は、獣の咆吼をあげて囲みを破ろうとした。

和馬は、猛然と迎え撃ち、長十手で鉄蔵を打ちのめした。

鉄蔵は倒れた。

幸吉、由松、勇次、捕り方たちが殺到し、必死に立ち上がろうとする鉄蔵を殴り、蹴り飛ばした。

鉄蔵は、己の血と泥に塗《まみ》れてのたうち廻った。

弥平次は、捕り方たちと女将のおようと仲居を捕らえた。

天狗の政五郎は追い詰められた。

「政五郎、此処は江戸だ。常陸の年寄りが嘗めた真似をするんじゃあねえ」

久蔵は一喝した。

「誰だ。誰が垂込みやがった」

政五郎は凶暴に叫んだ。

「恨むのなら手前の愚かさを恨み、今迄やって来た外道働きを悔やむんだな」

久蔵は、冷たく嘲笑《あざわら》った。

「野郎、ぶち殺してやる」

政五郎は、絶望的な叫び声をあげて久蔵に斬り掛かった。

久蔵は、鉄鞭を真っ向から打ち降ろした。

鉄鞭は短く唸り、政五郎の額を打ち砕いた。

政五郎は、額から血を飛ばして昏倒した。

「年甲斐のない真似をしやがって……」

雲海坊は、苦笑しながら気を失っている政五郎に縄を打った。

「秋山さま……」

和馬が、駆け寄って来た。

「片付いたか……」

「はい。一人残らず」

「よし。茅場町《かやばちょう》の大番屋に叩き込め」

久蔵は命じた。

「心得ました」

和馬たちは、捕らえた盗賊たちを公儀の船に乗せ始めた。

「終わりましたね」

弥平次が傍らに現れた。

「ああ。御苦労だったな」

「いいえ。じゃあ、南の御番所に戻りますか」

「うむ……」

久蔵と弥平次は、勇次の操る猪牙舟に乗って浜町堀を大川の三ツ俣に向かった。

浜町河岸に連なる家々に明かりが灯り、家の者たちが恐ろしげに囁き合っていた。

甘味処『桜や』の前には、おちよが善助やおしずと一緒にいた。

久蔵は、おちよたちに見向きもせず、黙ったまま通り過ぎた。

おちよ、善助、おしずは、小さく手を合わせ、感謝の眼差しで久蔵を見送った。

夜の川風は、陣笠を取った久蔵の鬢の解れ髪を揺らした。

盗賊・天狗の政五郎と一味の者共は、磔獄門《はりつけごくもん》の仕置が下された。

老いた政五郎の背の肉は弛《ゆる》み、彫られた天狗の鼻は醜く垂れ下がっていた。

公儀は、三浦藩江戸下屋敷留守番頭の大森甚十郎を盗賊一味の者として斬首の刑に処した。そして、常陸国三浦藩を家中取締不行届きで厳しく咎め、土田家を減封し、藩主に隠居を命じた。

秋山屋敷の庭に木洩れ日が揺れた。

「それにしても大森甚十郎、どうして天狗の政五郎を匿《かくま》ったりしていたんですかね」

弥平次は、冷たい茶をすすった。

「大森甚十郎、若い頃、土地の賭場で作った借金を踏み倒して簀巻《すま》きにされ、利根川に放り込まれた。そこを天狗の政五郎に助けられた。それ以来の腐れ縁のようだ……」

久蔵は、苦笑しながら茶を飲んだ。

「お侍の癖に憐れな奴ですねえ……」

弥平次は呆れた。

「親分。所詮は侍だ。買い被っちゃあならねえ」

久蔵は笑った。

香織とお糸が、酒と肴《さかな》を持って来た。

木洩れ日が煌めき、楽しげな笑い声が響いた。

第二話
生き様

一

水無月《みなづき》――六月。

富士山は山開きをし、江戸では鳥越神社や日枝《ひえ》神社山王権現の祭礼が続く。

香織の産み月も近付き、秋山屋敷には言い知れぬ気忙《きぜわ》しさが漂っていた。

申《さる》の刻七つ（午後四時）過ぎ。

南町奉行所吟味方与力の秋山久蔵は、八丁堀岡崎町の屋敷に帰宅した。

「お帰りなさいませ」

下男の与平が、老顔を綻ばせて出迎えた。

「何か面白い事でもあったのかい」

久蔵は苦笑した。

「旦那さま、来ているんですよ、大食らいが」

与平は、楽しげに笑った。

「大食らい……」

久蔵は眉をひそめた。

「ええ。大昔、旦那さまの尻に付いて廻っていた大食らいの虎《とら》さんですよ」

「おお、虎が来ているのか……」

久蔵は、思わぬ者の名を聞いて笑みを浮かべた。

「それで今、何処にいる」

「台所でお福とお喋りをしていますよ。茶と漬け物で……」

「相変わらずだな。よし、座敷に通してくれ」

「心得ました」


久蔵は、香織の介添えで着替えを済ませ、茶をすすった。

「で、身体の具合はどうだ」

久蔵は、香織の迫《せ》り出した腹を見ながら尋ねた。

「今日、養生所のお鈴《すず》さんが来て下さいましてね。もう、いつ生まれてもおかしくないそうですよ」

「そうか、いよいよだな……」

久蔵と香織は、嬉しげに微笑んだ。

廊下を来る重い足音が聞こえた。

「大丈夫ですか、お福さん」

若い男の声が聞こえた。

「虎太郎《とらたろう》さん、年寄り扱いは御免ですよ」

お福が、虎を賑やかに案内して来た。

久蔵は苦笑した。

「旦那さま、宮本《みやもと》虎太郎さんにございます」

ふくよかな体軀のお福が、大柄な若い浪人に介添えされるようにして来た。

宮本虎太郎は、久蔵が子供の頃から通った心形刀流《しんぎょうとうりゅう》の剣術道場の弟弟子だった。

「おお、虎か……」

久蔵は、懐かしげに笑った。

宮本虎太郎は、敷居際に控えた。

「お久し振りです。御無沙汰致しました」

虎太郎は、無精髭を生やした顔に懐かしさを浮かべて頭を下げた。

「おう。良く来た。まあ、入れ」

「はい」

虎太郎は、座敷に入って久蔵の前に座った。

「もう知っていると思うが、妻の香織だ」

「はい。そろそろ赤子も産まれるとか、おめでとうございます」

虎太郎は、祝の言葉を述べた。

「虎、お前もそれなりに苦労したようだな」

久蔵は、祝の言葉を述べた虎太郎に苦笑した。

「旦那さま、大食らいの虎太郎さんも立派な大人になり、私に御世辞を云う程になりましたよ」

お福は、ふくよかな身体を揺らした。

「いやあ。お福さん、相変わらずの気っ風の良さで驚きました。腹を減らしていた餓鬼の頃、随分お世話になりましたからね」

虎太郎は、八丁堀亀島町の裏長屋に貧乏浪人の父親と暮らしており、いつも腹を空かせていた。

久蔵は、剣術道場での稽古が終わると、虎太郎を屋敷に連れ帰った。そして、与平とお福に頼み、虎太郎に腹一杯飯を食わせた。虎太郎は、嬉しげに飯を食べた。以来、虎太郎は秋山屋敷を訪れては、与平とお福の手伝いをして腹一杯飯を食って帰った。

久蔵が十六歳、虎太郎が十三歳の時だった。

それから二年が過ぎた頃、虎太郎の父親が病に罹《かか》り、遺骨を故郷の上州高崎にある先祖代々の墓に葬ってくれと云い残して死んだ。

久蔵は、父親に頼んで路銀を工面して虎太郎に渡した。

虎太郎は、父親の遺骨を抱いて中山道を旅立った。以来、虎太郎は江戸に帰って来る事もなく、音信が途絶えたまま二十年近くが過ぎた。

二十年振りに逢う虎太郎の顔は、十四、五歳の頃と大して変わっていなかった。

「そうか、良く来てくれたな、虎」

「はあ。あれから二十年。敷居は高かったのですが。御心配をお掛け致して申し訳ありませんでした」

虎太郎は、真顔で平伏した。

「まあ、無事でいたのが何よりだ」

久蔵は笑った。

「はい」

「で、御父上は無事に弔ったのか」

「はい。それから廻国修行をして……」

虎太郎は笑った。

「そいつは凄いな」

泰平の時が続き、既に剣術の廻国修行をする者など滅多にいなかった。

「いえ。凄いのは久蔵さんですよ。南町奉行所の鬼与力、剃刀《かみそり》久蔵の雷名、関八州にも鳴り響いていますよ」

虎太郎は、嬉しげに告げた。

「お待たせ致しました」

お糸と与平が、酒と肴を持って来た。

「御苦労さま……」

香織は労った。

「虎、考えてみるとお前と酒を飲むのは初めてだな」

「はい」

虎太郎は、嬉しげに笑った。

「よし。先ずは一献……」

久蔵は、虎太郎に徳利を向けた。

「畏れいります」

虎太郎は、盃を差し出した。

久蔵は、虎太郎の盃に酒を満たした。そして、虎太郎は久蔵の盃に酒を注いだ。

「では な……」

「戴きます」

久蔵と虎太郎は酒を飲んだ。

「美味い……」

虎太郎は笑顔になった。子供の頃、腹一杯に飯を食べた時と同じ笑顔だった。

「虎さん、餓鬼の頃とちっとも変わらないな」

与平は感心した。

「本当に……」

お福は、ふくよかな身体を揺らして笑った。

秋山屋敷は夕暮れに包まれ始めた。

楽しい昔話は時を忘れさせる。

半刻程が過ぎ、虎太郎は帰ると云い出した。

「おう。帰るのか……」

久蔵は戸惑った。

「はい。宿は浅草今戸《いまど》の瑞法寺《ずいほうじ》でしてね。又、お伺いします」

「そうか……」

久蔵は頷いた。

宮本虎太郎は、香織とお福やお糸に礼を云い、久蔵と与平に深々と頭を下げて別れを告げた。

久蔵は、与平と共に門前で見送った。

虎太郎は、与平に持たされた提灯の明かりを揺らしもせずに去って行った。

「ほう。虎太郎、剣の腕、かなりのものになったな」

「へえ。そうですか……」

「ああ。提灯の明かり、無駄に揺れちゃあいねえ」

「提灯の明かりですか……」

虎太郎の足取りは悠然としており、提灯の明かりは左右に揺れてはいなかった。

「成る程。あの虎がねえ……」

与平は感心した。

「さあ、寝るぞ」

久蔵は、与平を手伝って潜り戸を閉め、戸締まりをした。


八丁堀の組屋敷街を出た虎太郎は、楓川に架かる海賊橋を渡って背後を窺った。

そして、背後に異常のないのを見定めて提灯の火を吹き消した。

虎太郎は、日本橋の通りに出て足早に神田八ッ小路に向かった。その足取りは、夜道に馴れていた。

宿の浅草今戸の寺に行くには、両国から柳橋を渡り蔵前の通りを行くべきだ。

だが、虎太郎は神田八ッ小路に進んだ。

神田川の流れには、蒼白い月影が揺れていた。

虎太郎は、八ッ小路を抜けて神田川に架かる昌平《しょうへい》橋に差し掛かった。

神田川沿いの船宿から、芸者の嬌声と酔客の笑い声が響いた。

虎太郎は、昌平橋を渡った。

昌平橋の袂の闇が揺れた。

虎太郎は、足を止めて揺れた闇を見据えた。

「宮本虎太郎か……」

男の声が闇から尋ねた。

「如何にも……」

虎太郎は冷笑を浮かべた。

刹那、何処かの家中の者と思われる羽織袴の武士が、闇から猛然と虎太郎に斬り掛かった。

虎太郎は、羽織袴の武士の斬り込みを躱《かわ》し、その背に袈裟《けさ》懸けの一太刀を放った。

羽織袴の武士は、背中から血を飛ばして前にのめり神田川に転げ落ちた。

水飛沫が夜目にも鮮やかに舞い上がった。

見事な腕だった。

虎太郎は、静かに刀を鞘に納めて辺りを窺った。

数人の武士が、明神下《みょうじんした》の通りから駆け寄って来るのが見えた。

虎太郎は、素早く身を翻して神田川沿いの道を柳橋に向かった。そして、御徒《おかち》町《まち》の通りを油断なく入谷《いりや》に向かった。

御徒町の下級武士の組屋敷は、静寂に包まれて眠っていた。

朝から陽差しは強かった。

久蔵は、南町奉行所の表門を潜った。

「おはようございます。秋山さま……」

幸吉が、表門の腰掛けで待っていた。

「おう。どうした幸吉……」

「はい。今朝早く、新《あたら》し橋の船着場の下からお侍の死体が見つかりましてね」

「土左衛門か……」

「いいえ。袈裟懸けの一太刀で……」

「袈裟懸けの一太刀とは、かなりの使い手だな」

久蔵は眉をひそめた。

「はい。それで和馬の旦那が、秋山さまにお出まし願えと……」

「分かった。仏は何処だ……」

「久右衛門町《きゆうえもんちよう》の自身番に……」

久右衛門町は新し橋の北詰にある町だ。

「よし。行こう……」

久蔵は、幸吉を従えて神田川に架かる新し橋に向かった。

仏は、久右衛門町の自身番の奥の三畳の板の間に安置されていた。

久蔵は、待っていた南町奉行所定町廻り同心の神崎和馬と死体を検《あらた》めた。

神田川に一晩晒された死体は、袈裟懸けに斬られた傷口を綺麗に見せていた。

久蔵は、傷口を検めた。

傷は深く、鮮やかな一太刀だった。

「見事なもんだな」

久蔵は、己の睨みが当たったのを知った。

「ええ……」

和馬は頷いた。

「かなりの使い手だぜ」

「秋山さま、袈裟懸けの一太刀、心形刀流の太刀筋ではありませんか……」

和馬は眉をひそめた。

「心形刀流だと……」

久蔵は戸惑った。

袈裟懸けの一太刀で、剣の流派が分かる筈はない。

「何故だ」

「右肩から左の背に斬った袈裟懸けの一太刀。この傷口の最後が右に僅かに刎《は》ねています」

和馬は、傷口の最後を指し示した。

「うむ……」

久蔵は頷いた。

「これは、秋山さまの袈裟懸けの太刀筋と同じですが……」

「俺の太刀筋と同じ……」

久蔵は、己の袈裟懸けの太刀筋を思い出した。それは、和馬が指摘した通りだった。

「如何ですか……」

「それで心形刀流か……」

「はい」

「和馬、残念ながらそいつは違う。右に刎ねるのは俺だけの癖だぜ」

「秋山さまだけの癖……」

「ああ。心形刀流の太刀筋じゃあねえ」

「そうでしたか……」

和馬は、少なからず肩を落した。

「で、仏の身許と殺しの場所は分かったのか」

「今、弥平次の親分たちが……」

「そうか……」

「私の見立て違いで、御足労を掛けて申し訳ありませんでした」

和馬は詫びた。

「いや。中々の睨みだぜ」

久蔵は、和馬を労った。

「和馬の旦那……」

幸吉が障子を開けた。

「どうした」

「仏さんが、家中の者ではないかって方々がお見えですぜ」

幸吉は、自身番の表にいる羽織袴の武士たちを示した。

「よし。仏さんの面を見て貰え……」

和馬は命じた。

殺された武士の身許は割れた。

袈裟懸けに斬られて死んだ武士は、明神下に屋敷を構える旗本五千石酒井《さかい》采女《うねめの》正《かみ》の家中の今野《こんの》洋之助《ようのすけ》だった。

家中の者たちは、仲間の死体を引き取って行った。

和馬と幸吉は、頭分の加藤清十郎《かとうせいじゅうろう》に事情を聞こうとした。

「今野さんは、袈裟懸けの一太刀で斬り棄てられていますが、斬った者に心当りありませんか……」

和馬は、加藤に尋ねた。

「我らは旗本酒井家の家臣。町奉行所に調べられる謂《い》われはない」

背の低い加藤は、己を大きく見せたいのか背伸びをするように和馬に対し、居丈高に云い放った。だが、背の高い和馬には無駄な事だった。

「しかし、殺されたのが町方の地であり、斬ったのが浪人なら我らも放っては置けません」

和馬は、加藤を見下ろした。

「おのれ、不浄役人が……」

加藤は、怒りを滲ませた。

「和馬……」

久蔵は、笑みを浮かべて進み出た。

加藤は、思わず狼狽えた。だが、狼狽えた己を必死に振り払い、懸命に背伸びをした。

「酒井家が力を貸してくれないのなら、こっちは勝手に探索を進めれば良いだけだ。尤《もっと》も、その方が分かった事を一々報せる必要もねえから、後がどうなろうが知った事じゃあねえ。面倒がなくて良いじゃあねえか」

久蔵は、冷たく笑った。

「はい……」

和馬は笑った。

「ま、待ってくれ。おぬしは……」

加藤は困惑した。

「俺かい、俺は南町奉行所吟味方与力の秋山久蔵……」

久蔵は名乗った。

「あ、秋山久蔵どの……」

加藤は、久蔵の名を知っていたらしく、怯えを過ぎらせた。

「じゃあ和馬、遠慮は無用だ。さっさと探索を進め、人殺しをお縄にするんだぜ」

久蔵は、加藤を無視した。

「心得ました」

和馬は声を弾ませた。

久蔵は、加藤に冷たい一瞥を与えて立ち去った。

加藤清十郎は、不安げな面持ちで立ち尽くした。

和馬と幸吉は、密かに嘲笑った。

新し橋の船着場に猪牙舟が着き、勇次が竹竿を手にしたまま怒鳴った。

「旦那、兄貴……」

「おう。何か分かったか……」

幸吉と和馬は、船着場に駆け寄った。

「殺しの場所が分かりました。乗って下さい」

勇次は、猪牙舟の舳先を廻した。

和馬と幸吉は、勇次の操る猪牙舟に乗った。

勇次は、猪牙舟を上流に向けて進めた。

神田川の流れは舳先に切り裂かれ、煌めきながら飛び散った。


家来は主に似る……。

秋山久蔵は、加藤清十郎の軽薄な人柄を知り、主の旗本酒井采女正に興味を抱いた。

旗本五千石酒井采女正は、上州青柳《あおやぎ》に知行地を与えられていた。

酒井家は、上州青柳に代官を置いて年貢の取立てをしていた。

数年に一度、采女正は遊山を兼ねて青柳に旅していた。

采女正は、今年の春も青柳に赴き、半月程前に戻っていた。

久蔵は、旗本酒井采女正について調べた。


旗本酒井家家臣の今野洋之助は、昌平橋の北詰で斬り殺されていた。

和馬と幸吉は、待っていた柳橋の弥平次と落ち合った。

仏は、昌平橋の北詰で袈裟懸けに斬られて神田川に落ち、下流の新し橋に流れて船着場の下の杭に引っ掛かった。

弥平次は推し測った。

「親分、仏は明神下に屋敷のある旗本酒井采女正の家来、今野洋之助だったよ」

和馬は告げた。

「旗本の酒井采女正さまの家来……」

弥平次は眉をひそめた。

「だが、旗本家は町奉行所の支配違いだと抜かしやがった」

和馬は吐き棄てた。

「ですが、秋山さまが遠慮は無用だと……」

幸吉が告げた。

「秋山さまが……」

「はい」

「じゃあ、和馬の旦那……」

「うん。今野洋之助の人柄と身辺は勿論、旗本酒井家も調べてくれる」

和馬は、憤りを滲ませた。

「分かりました。幸吉、雲海坊と由松も呼んで手配りしな」

弥平次は命じた。

「承知……」

幸吉は頷いた。

秋山久蔵には気になる事があった。

それは、和馬が袈裟懸けの太刀筋を自分と同じだと睨んだ事だ。

袈裟斬りの最後が右に僅かに剱ねるのは、心形刀流の太刀筋ではなく、久蔵個人の癖に過ぎない。

今野洋之助を斬った者は、偶然にも久蔵と同じ癖を持っていたのかもしれない。

それとも、俺の太刀筋を知っていて真似たのか……。

久蔵は思いを巡らせた。

ひょっとしたら……。

久蔵は、不意にある思いに駆られた。

心形刀流を学び、俺の太刀筋を真似るような者は一人いた。

虎……。

久蔵は、宮本虎太郎の明るい笑顔を思い出した。

虎太郎なら俺の太刀筋を知っているし、真似をしても可笑《おか》しくはない。

だが、江戸に帰って来たばかりの虎太郎と、今野洋之助に拘わりがあるのか……。

久蔵は眉をひそめた。

虎太郎は、父親の遺骨を持って上州高崎に赴いた。

今野洋之助の主である旗本酒井家の知行地は、上州青柳にある。

虎太郎と今野洋之助は、上州を通じて拘わりがあるのかもしれない。

虎太郎に逢ってみるべきだ……。

久蔵は、南町奉行所を出て浅草今戸に向かった。

虎太郎は、浅草今戸の瑞法寺を宿にしていると云っていた。

久蔵は急いだ。

二

秋山久蔵は、日本橋から両国広小路に抜けた。そして、神田川に架かる浅草御門を渡り、蔵前の通りを浅草広小路に向かった。

浅草今戸は、金龍山浅草寺と隅田川の間にある花川戸町《はなかわどちよう》を進み、山谷《さんや》堀に架かる今戸橋を渡った処にある。

今戸町には、瓦や素焼きの土器を焼く煙が棚引き、寺が甍を連ねていた。

久蔵は、連なる寺に瑞法寺を探した。だが、瑞法寺は見つからなかった。

訊いた方が早い……。

久蔵は、今戸町の自身番を訪れた。

自身番に詰めていた大家は緊張し、店番が慌てて茶を淹れ始めた。

「いや。構うな。道を尋ねに寄っただけだ」

久蔵は笑った。

「はあ。そうでございますか……」

大家は緊張を解いた。

「瑞法寺は何処かな……」

「瑞法寺……」

大家は眉をひそめた。

「うむ……」

久蔵は頷いた。

「あの、瑞法寺と申す寺、今戸にはございませんが……」

大家は、詫びるように告げた。

「ない……」

久蔵は困惑した。

「はい。手前共の知る限りでは、今戸に瑞法寺と云う寺はありません」

大家は、店番と顔を見合わせた。店番は頷き、久蔵に茶を差し出した。

「どうぞ……」

「うむ……」

久蔵は、大家たちのいる三畳の畳の間の框《かまち》に腰掛け、茶をすすった。

「瑞法寺、本当にないのだな」

「はい」

大家と店番は声を揃えて頷いた。

今戸の瑞法寺はなかった。

「そうか。邪魔をしたな」

久蔵は、今戸町の自身番を出た。

隅田川の流れは煌めいていた。

久蔵は岸辺に佇み、眩しげに隅田川を眺めた。

虎は俺に嘘をついた……。

久蔵は、言い知れぬ腹立たしさと淋しさを覚えた。

何故だ……。

そして、宮本虎太郎が嘘をついた理由を探した。だが、二十年振りに逢った僅かな時から探し出せる筈はなかった。只、推測出来る事は、やろうとしている事があり、それを知られたくないからなのだ。

それは、久蔵が南町奉行所吟味方与力と云う立場と拘わりがあるのかもしれない。

宮本虎太郎は、何かをしようとしている。

それは、江戸を旅立ってからの二十年の歳月に拘わっているのだ。

久蔵は睨んだ。

虎太郎の二十年の間に何があり、これから何をしようとしているのか……。

久蔵は、何故か微かな焦りを感じた。

明神下の酒井屋敷には、緊迫した気配が漂っていた。

幸吉は、酒井屋敷の向かい側にある旗本の後藤田《ごとうだ》屋敷の中間頭に金を握らせ、空いている中間部屋を見張り場所に借りた。

和馬は、雲海坊、由松、勇次たちと共に聞き込みに廻った。

「で、どんな家風のお屋敷なんだい」

幸吉は、中間頭の千八《せんぱち》に尋ねた。

「どんなって、殿さまが殿さまだからな。質実剛健って具合にはいかねえや」

千八は嘲笑した。

「殿さまが殿さまだからって。酒井采女正さま、どんなお人なんだい」

「四十歳も過ぎているってのに、派手な格好をした女好きでな。家風も家来もちゃらちゃらしているぜ」

「じゃあ、殺された今野洋之助さんもか……」

幸吉は眉をひそめた。

「何たって殿さま近習《きんじゅ》だからな……」

「殿さまの近習……」

今野洋之助は、殿さまである酒井采女正の近習役だった。

「ああ。毒味役から女衒《ぜげん》の真似まで、忙しい役目だぜ」

千八は嘲り、蔑《さげす》んだ。

「毒味から女衒までか……」

幸吉は苦笑した。


神田明神は参拝客で賑わっていた。

門前の一膳飯屋は、昼飯時も過ぎて殆ど客はいなかった。

和馬は、雲海坊、由松、勇次と入れ込みに上がり、人数分の浅蜊飯と汁を頼んだ。

「それで、今野洋之助を殺したい程、恨んでいる奴は浮かんだか……」

和馬は、温い出涸《でがら》し茶をすすった。

「そいつが、いろいろ聞いて廻ったんですが、今野洋之助ってのは、殺される程の恨みを買う悪党には思えませんぜ」

雲海坊は眉をひそめ、勇次が頷いた。

「俺と由松の聞き込みも同じようなもんでな。あくどい真似をしていても、そいつは殿さまの酒井采女正の言い付けでやったらしい」

「おまちどおさま」

亭主が、浅蜊飯と汁を持って来た。

「さあ。食いながらだ」

和馬は、浅蜊飯を食べ始めた。

「和馬の旦那、ひょっとしたら殺される程に恨みを買っているのは、殿さまじゃありませんか……」

由松は、浅蜊飯を食べて汁をすすった。

「お殿さまの酒井采女正さま、評判悪いですからねえ」

勇次は眉をひそめた。

「ああ……」

和馬は、箸を持つ手を止めた。

「和馬の旦那。由松や勇次の云う通り、恨まれているのは殿さまで、今野洋之助は殿さまを護ろうとして斬られた。違いますかね」

雲海坊は睨んだ。

「よし。秋山さまに逢って来る。雲海坊たちは、殿さまの酒井采女正がどんな野郎か聞き込んでくれ」

「分かりました」

和馬、雲海坊、由松、勇次は手筈を決め、浅蜊飯を食べて汁をすすった。

木洩れ日は揺れた。

「酒井采女正か……」

久蔵は、厳しさを過ぎらせた。

「はい。いろいろ聞き込んだのですが、今野洋之助が殺されたのは、己が怨みつらみを買ったのではなく、殿さまの酒井采女正さまの代わりか、護っての事じゃあないかと……」

和馬は、己と雲海坊、由松、勇次の見方を伝えた。

「やはりな……」

久蔵は頷いた。

「やはり……」

和馬は戸惑った。

「ああ。酒井采女正、ちょいと気になって調べてみたんだがな。若い頃には、いろいろ公儀のお役目に就いていたのだが、どれもこれも満足に務まらなくてな。此処十年は無役となり、先祖が命懸けで摑み取った家禄を食い潰しているようなもんだ」

「そんな奴なんですか……」

和馬は呆れた。

「うむ。よし、和馬、酒井采女正の行状と評判、詳しく調べてみろ」

「はい」

「もし、酒井が狙われているのなら、明神下の屋敷に何らかの動きがある筈だ」

「はい……」

「それから和馬。酒井屋敷に三十歳過ぎの浪人が現れたら、密かに行き先を突き止め、報せてくれ」

久蔵は、宮本虎太郎を思い出していた。

「三十歳過ぎの浪人ですか……」

和馬は戸惑った。

「うむ。宮本虎太郎と云ってな。俺が餓鬼の頃の剣術道場の弟弟子だ」

「じゃあ、心形刀流の……」

和馬は眉をひそめた。

「ああ。ひょっとしたらお前の睨み、当たっていたのかもしれねえ」

久蔵は、今野洋之助を袈裟懸けに斬った太刀筋に拘《こだわ》った和馬を思い出した。

「秋山さま、その宮本虎太郎さん、只の剣術の弟弟子なのですか……」

「実はな……」

久蔵は苦笑し、己と虎太郎との拘わりと宿が偽りだったのを教えた。

「宮本虎太郎さんですか……」

「ああ。もし、虎太郎が酒井采女正と拘わりがあるなら、そいつはおそらく知行地の上州青柳だ」

「はい……」

「そして、その上州青柳に今野洋之助が斬られた理由があるのかもしれねえ」

久蔵は睨んだ。

「はい」

「そいつは俺が調べてみる。お前たちは、酒井屋敷に現れる不審な者や家中の者共の動きを見張るんだな」

久蔵は厳しく命じた。

「心得ました」

和馬は平伏し、用部屋から退室した。

久蔵は見送り、小さな吐息を洩らした。

庭に風が吹き抜け、木洩れ日の煌めきが揺れた。


不忍池《しのばずのいけ》は夕暮れに包まれた。

旗本の後藤田屋敷の中間部屋の行燈に火が灯された。

由松と勇次は、武者窓から向かい側に見える酒井屋敷を見張った。

幸吉と雲海坊は、中間頭の千八と酒をすすりながら世間話をしていた。

「幸吉の兄貴……」

由松が幸吉を呼んだ。

「どうした……」

「中間が出て行きますぜ」

千八が窓辺に寄り、酒井屋敷から出て行く中間を見た。

「ありゃあ、渡り中間の太吉《たきち》だぜ」

千八は見定めた。

「渡り中間か……」

「ああ。ちょいと金を握らせてみな」

千八は笑った。

渡り中間は、屋敷に奉公しているのではなく、人数合わせの為に日雇いで雇われ、雇い主に対する忠義心などはないも同然だった。

「助かるぜ。由松……」

幸吉は千八に礼を云い、由松を促した。

「はい」

幸吉と由松は、旗本屋敷の中間部屋から出て行った。


渡り中間の太吉は、明神下の通りを神田川に向かった。

幸吉と由松は追った。

神田明神門前の賑わいが近付いた。

「由松……」

幸吉は、由松を促した。

「はい」

由松は、楽しげな笑みを浮かべて太吉に駆け寄った。

幸吉が続いた。

「やあ。酒井さまのお屋敷の太吉さんじゃあねえか」

由松は、太吉に並んで親しげに笑い掛けて肩に手を廻した。

「は、はい……」

太吉は、固い面持ちで頷いた。

「どうだい。一杯やらねえか……」

幸吉が、反対側に並んだ。

「えっ……」

太吉は戸惑った。

「付き合ってくれないかな」

幸吉は、懐の十手を見せた。

「へ、へい……」

太吉は、怯えを滲ませて頷いた。

「ありがてえ……」

由松は、嬉しげに笑った。

神田明神門前の盛り場は賑わっていた。

燭台に灯された明かりは、座敷を仄《ほの》かに照らした。

「まあ、座ってくれ」

久蔵は、与平に勧めた。

「へい……」

与平は、微かな戸惑いを過ぎらせて座った。

「ま。一杯……」

久蔵は、与平に盃を持たせて酒を満たした。

「こいつは、畏れいります」

与平は恐縮した。

「じゃあ……」

与平は、久蔵の盃に酒を注いだ。

「うむ……」

久蔵と与平主従は、静かに酒を飲んだ。

「旦那さま……」

与平は、困惑した眼差しを久蔵に向けた。

「与平、虎は俺に嘘をついた」

久蔵は、手酌で酒を飲んだ。

「虎が旦那さまに嘘を……」

与平は驚いた。

「ああ。虎、宿は浅草今戸の瑞法寺だと云ったが、そんな寺、今戸にはなかったよ」

「なかった……」

「与平、虎は何しに江戸に戻って来たのか聞いているか……」

「何しにって、剣術の廻国修行を終えて帰って来たんじゃあないのですか……」

与平は眉をひそめた。

「聞いていないか……」

「はい……」

与平は、申し訳なさそうに酒をすすった。

久蔵は、与平の盃に酒を満たしてやった。

「あっしは、嫁を貰ったのかと訊いたぐらいでして……」

「嫁……」

久蔵は、与平が思わぬ事を訊いていたのを知った。

「へい」

「それで、虎は嫁を貰っていたのか……」

「それが、にやりと笑うだけでしてね。ですが、ありゃあ貰っていますよ」

与平は笑った。

「そうか、貰っているか……」

久蔵は、与平の勘を信じた。

虎太郎は、嫁を貰っている。だが、それが江戸に戻って来た理由とは思えない。

「そう云えば旦那さま。虎の奴、上野のお山や不忍池、ちっとも変わっていないと感心していましたよ」

「上野や不忍池……」

「へい。ひょっとしたら虎、浅草今戸じゃあなく、下谷の方に宿を取っているのかもしれませんね」

「うむ……」

久蔵は頷いた。

〝下谷の方〟と云えば、下谷は勿論、入谷や谷中《やなか》も入る。

久蔵は、不意に気が付いた。

虎太郎は、己に拘わる肝心な事は何一つ話していなかった。

それは偶々《たまたま》そうなったのか、故意に話さなかったのか……。

久蔵は、虎太郎が己に拘わる話を避けたと睨んだ。

宮本虎太郎は、既に久蔵の覚えている〝虎〟ではないのかもしれない。

久蔵は、酒を飲み干した。

燭台の炎は揺れた。


居酒屋には、酒の匂いと酔客の笑いが満ちていた。

「で、酒井家の家中じゃあ、今野洋之助さんが殺されたのをどう云っているんだい」

幸吉は、渡り中間の太吉の猪口に酒を満たした。

「そいつが冷てえもんだよ。口じゃあ同情するような事を抜かしているが、陰じゃあ、命を懸ける程のない事で斬られた間抜けな馬鹿だ……」

太吉は、猪口の酒を呷《あお》った。

「酷いな……」

由松は眉をひそめた。

「なあに、俺が見たってそう思うぜ」

「太吉、命を懸ける程のない事ってのは、何なんだい……」

「殿さまだよ……」

太吉は囁いた。

「殿さま……」

幸吉は眉をひそめた。

「ああ。領地の上州青柳から若い女を無理矢理妾《めかけ》にして連れて来た女好きでな。そんな殿さまに忠義立てして斬られるなんて、誰が見たって間抜けな馬鹿だよ」

太吉は、酔った口調で吐き棄てた。

「青柳から若い女を無理矢理連れて来た……」

幸吉は、厳しさを過ぎらせた。

「ああ。それで、若い女の縁者が連れ戻しに来ると専らの噂でな。殿さま、何としてでも斬り棄てろと命じたそうだ」

「じゃあ、今野さんはその若い女の縁者に斬られたってのか……」

「ああ。酒井屋敷、夜になると警戒を厳しくしてな。屋敷の中や周りはおろか、外にも見張り立てているんだぜ。今野さまは、それで昌平橋に見張りに出ていたんだ……」

今野洋之助は、殿さまが無理矢理に妾にした若い女を取り戻しに来る縁者を警戒していて斬られたのだ。

やはり、怨みを買っていたのは殿さまの酒井采女正だった。

「あんな殿さまに仕えたら、家来もたまったもんじゃあねえ」

太吉は、嘲笑を浮かべて酒を飲んだ。

今野洋之助が斬られたのは、殿さまの酒井采女正の所為《せい》だった。

殿さまの酒井采女正は、知行地上州青柳で若い娘を無理矢理に妾にし、江戸に連れて来た。若い娘の縁者は、取り戻そうと追って来ているのだ。

幸吉と由松は、今野洋之助斬殺事件に隠されているものを知った。

太吉は機嫌良く酒を飲み、居酒屋の賑わいは続いた。


酒井屋敷は静けさに覆われていた。

雲海坊と勇次は、旗本の後藤田屋敷の中間部屋から酒井屋敷を見守った。

酒井屋敷の横手の路地に、龕燈の明かりが揺らいだ。

雲海坊と由松は、思わず眼を凝らした。

五人の見廻りの家来が、龕燈で辺りを照らしながら路地から現れた。そして、閉じられた表門前を見廻り、反対側の路地に入って行った。

「何だか、此見よがしの見廻りですね」

「ああ。見廻りますから隠れていて下さいって奴だな」

雲海坊は苦笑した。

「雲海坊さん……」

勇次は、酒井屋敷の一方の暗がりを示した。

暗がりに人影が佇《たたず》んでいた。

三

暗がりに佇んでいる人影は、塗笠を被った侍だった。

「雲海坊さん……」

「うん……」

塗笠を被った侍は、今野洋之助を斬り棄てた下手人かもしれない。

雲海坊と由松は、旗本後藤田屋敷の中間部屋を出た。

塗笠を被った侍は、暗がりから見廻りの家来たちが出て来た路地に入った。

路地は裏門に続いていた。

裏門は開けられ、二人の家来が見張りに就いていた。

塗笠を被った侍は、二人の見張りを見守った。

二人の見張りは、見廻りの家来たちが戻って来たら一緒に屋敷内に入り、裏門を閉める手筈なのだ。

見廻りの家来たちが、屋敷の周囲を一廻りして戻って来た。

塗笠を被った侍は、路地の暗がりに素早く潜んだ。

見廻りの家来たちは、開けられていた裏門から屋敷内に入った。

二人の見張りは、辺りを油断なく窺って屋敷内に入り、裏門を閉めた。

路地は闇と静寂に沈んだ。

塗笠を被った侍は、路地の暗がりを出て表門に戻った。

「何をしようってんですかね……」

勇次は戸惑った。

「うん。きっと屋敷に忍び込んで、中の様子を探ろうとしているんだろう」

だが、酒井屋敷の警戒は厳しく、忍び込むのは難しいのだ。

塗笠を被った侍は、再び表門前の暗がりに潜んだ。

雲海坊と勇次は見守った。

小半刻が過ぎた。

酒井屋敷の表門脇の潜り戸が開き、家来の加藤清十郎が出て来た。

雲海坊と勇次は、塗笠を被った侍の出方を窺った。

加藤は、明神下の通りを不忍池の方に向かった。塗笠を被った武士は、暗がりを出て加藤を追った。

「雲海坊さん……」

「追うぜ」

雲海坊と勇次は続いた。


加藤は、明神下の通りを進んで不忍池の手前の道を曲がり、湯島天神門前の盛り場に向かった。

塗笠を被った侍は、加藤を追った。

雲海坊と勇次は、暗がりを利用して慎重に尾行《つけ》た。

加藤は、盛り場の外れの小料理屋に入った。

塗笠を被った侍は、物陰に潜んだ。

「どうします」

勇次は眉をひそめた。

「加藤の野郎、息抜きに来たのなら、長居はしない筈だ」

雲海坊は睨んだ。それは、塗笠を被った侍も同じ睨みの筈だ。

加藤が小料理屋から出て来た時、何かが起こる……。

雲海坊は読んだ。


半刻が過ぎた。

加藤は、ほっそりとした年増の女将に見送られて小料理屋から出て来た。そして、精一杯の爪先立ちをして女将の見送りを受け、来た道を戻り始めた。

塗笠を被った侍は追った。

雲海坊と勇次は続いた。

加藤は、湯島天神門前町の盛り場を出た。

次の瞬間、塗笠を被った侍は、音もなく加藤に駆け寄った。

加藤は、背後に迫る人の気配に振り返った。

塗笠を被った侍は飛び掛かり、加藤の脾腹《ひばら》に拳を鋭く叩き込んだ。

加藤は、声をあげる間もなく意識を失った。

塗笠を被った侍は、前のめりに倒れる加藤を肩で受け止めて担ぎ、不忍池に走った。

一瞬の出来事だった。

雲海坊と勇次は追った。


不忍池の畔《ほとり》は夕涼みの人々も帰り、料理屋の明かりがちらほらしていた。

塗笠を被った侍は、気を失った加藤を雑木林に担ぎ込んだ。

雲海坊と勇次は、茂みに潜んで見守った。

塗笠を被った侍は加藤の刀を取り上げ、その下げ緒で手際良く縛り上げた。そして、塗笠を被った侍は、加藤に活を入れた。

加藤は、苦しげに呻《うめ》きながら気を取り戻し、塗笠を被った侍に気付いて逃げようとした。だが、手足を縛られており、顔から無様に倒れ込んだ。

「無駄な真似はするな……」

塗笠を被った侍は、嘲笑った。

加藤は、恐怖に衝きあげられた。

夜風が吹き抜け、雑木林の梢が音を鳴らして揺れた。

「加藤、おくみは酒井の屋敷にいるのか……」

塗笠を被った侍は、静かに尋ねた。

静かさの裏には、激しい憤りが秘められていた。

加藤の狡猾さは、塗笠を被った侍の秘められた憤りを敏感に察知した。

「ああ。屋敷にいる……」

加藤は声を震わせた。

「屋敷の何処だ」

「奥御殿の離れだ」

加藤は、主である酒井采女正を利用する事があっても、忠義心は薄かった。

「奥御殿の離れか……」

「ああ……」

「警固は……」

「老女が一人と腰元が二人。それに離れを警固している家来が四人……」

五千石の旗本の軍役は、馬上五騎、鉄砲五挺、弓三張、槍十本、旗二本の百人前後とされている。

泰平の今、旗本五千石酒井家の家臣は、少なくみても七十人程はいる筈だ。一人で七十人を相手に闘い、おくみを助け出す事は出来ない。

「采女正がおくみを連れて出掛けたり、他の屋敷に移す企てはないのか……」

明神下の屋敷を離れれば警戒は手薄になり、おくみを助け出すのも容易だ。

「聞いていない……」

加藤は、首を横に振った。

「偽りではないな……」

塗笠を被った侍は、冷たく加藤を見据えた。

「ああ。本当だ。信じてくれ……」

狡猾な加藤は、本能的に危険を察知して必死に訴えた。

加藤清十郎は、その場限りの偽りを云ってはいない。

塗笠を被った侍は見定めた。

おくみを助け出すのは、至難の業だ。しかし、密かに忍び込み、離れを警固する家来たちと老女たちを始末すれば、何とか助け出せるのかもしれない。

塗笠を被った武士は思いを巡らせた。

加藤は、狡猾な眼差しで塗笠を被った侍を窺っていた。

塗笠を被った侍は苦笑し、加藤を見据えた。

「た、助けてくれ……」

加藤は哀願した。

刹那、塗笠を被った侍は、加藤を殴り飛ばした。

加藤は、潰れたような呻きを洩らし、気を失って仰向けに倒れた。

塗笠を被った侍は、加藤を残して雑木林を出て行った。


「勇次、加藤の野郎を何とか大番屋に叩き込め。俺は塗笠を追う」

「合点だ」

雲海坊は、勇次を残して不忍池の畔を行く塗笠を被った侍を追った。

勇次は、雑木林で気を失っている加藤の許に走った。

加藤は、手足を縛られたまま無様に気を失っていた。

勇次は、加藤の着物を素早く脱がし、髷の元結《もとゆい》を切った。

ざんばら髪で下帯一本にされた加藤は、武士とは思えぬ只の胡乱《うろん》な者になった。得体の知れぬ胡乱な野郎は、大番屋に叩き込んで詳しく調べる迄だ。

勇次は苦笑した。

不忍池の水鳥の鳴き声が甲高く響いた。


不忍池の畔から下谷広小路に抜け、山下を進むと入谷になる。

塗笠を被った侍は、入谷に入った。そして、鬼子母神《きしもじん》で名高い真源院《しんげんいん》の隣にある古い寺の門前で立ち止まり、鋭い眼差しで来た道を振り返った。

来た道の闇に人影はなかった。

塗笠を被った侍は、古い寺の門を潜った。

雲海坊は、物陰から現れて古い寺の門前に走った。

塗笠を被った侍は、古い寺の境内を横切り、本堂の裏に廻った。

裏には家作があり、小さな明かりが洩れていた。

塗笠を取って家作に入った侍は、宮本虎太郎だった。

雲海坊は見届けた。

家作には、小さな明かりが洩れていた。

それは他にも人がいる証だ。

雲海坊は、縁の下に潜って家作の中の様子を窺おうとした。だが、下手をすれば気付かれる恐れがある。

雲海坊は、迷った挙げ句に自重した。

家作は小さな明かりを洩らし、暗闇にひっそりと建っていた。


行燈の明かりは不安げに揺れた。

「それでお前さま。おくみさん、やはり酒井屋敷に閉じ込められているんですか……」

おきぬは、虎太郎に湯呑茶碗に満たした酒を差し出した。

「うむ。奥御殿の離れに閉じ込められているそうだ」

虎太郎は、湯呑茶碗に満ちた酒を美味そうにすすった。

「おくみ……」

清吉《せいきち》はすすり泣いた。

「清吉、お前が泣いてどうするんだい。しっかりしなさい」

おきぬは、清吉に苛立ちながらも励ました。

「でも、姉ちゃん……」

清吉は、おきぬに縋《すが》る眼差しを向けた。

「清吉、おきぬの云う通り、おくみは亭主のお前が助けに来てくれると信じ、懸命に耐えているんだ。泣いている時ではないぞ」

虎太郎は、若い清吉に言い聞かせた。

「は、はい……」

清吉は頷き、涙を拭った。

「お前さま。やはり、昔お世話になった秋山さまに御相談をした方が……」

「おきぬ。久蔵さまは町奉行所の与力で旗本は支配違い。お力添えを戴いたとしても上手くいくかどうか……」

虎太郎は眉をひそめ、湯呑茶碗の酒を飲んだ。


朝の風は、秋山屋敷に涼やかに吹き抜けていた。

「塗笠を被った侍……」

久蔵は眉をひそめた。

「はい。雲海坊によりますと、酒井屋敷を窺い、家来の加藤清十郎を捕らえて締め上げたそうです」

「加藤清十郎を締め上げた……」

「はい。おくみと申す女の事で。尤も仔細は良く分からなかったそうですが……」

「おくみか……」

ようやく一件の中身が見えて来た……。

久蔵は茶をすすった。

「ま、仔細は大番屋に叩き込んだ加藤に訊けば分かるでしょう」

「加藤を大番屋に……」

「はい。勇次の奴、塗笠を被った侍に当て落された加藤を下帯一本にし、元結を切って身許の知れぬ胡乱な者として捕らえ、大番屋に放り込んだそうです」

「そいつは上出来だぜ」

久蔵は苦笑した。

「それで、雲海坊が塗笠を被った侍の行き先を突き止めました」

「何処だ……」

「入谷鬼子母神隣の永徳寺の家作だそうです」

「永徳寺の家作か……」

「それから酒井采女正、上州青柳で若い女を無理矢理に妾にして江戸に連れて来たそうです。それで、若い女の縁者が密かに取り返しに来ているとか……」

和馬は、幸吉と由松が渡り中間の太吉から聞き出した事を報せた。

「成る程、そう云う筋書きか。で、今野洋之助は、若い女の縁者に斬り棄てられたか……」

「きっと……」

和馬は頷いた。

「秋山さま。その若い女の縁者ってのが、宮本虎太郎さんじゃあ……」

和馬は睨んだ。

「虎に女房子供がいるとは聞いちゃあいないが、とにかく入谷の鬼子母神に行ってみるぜ」

「はい。向こうには雲海坊がいます」

「よし。和馬、加藤を締め上げ、酒井が青柳から無理矢理に連れて来た若い女が何処にいるか調べておけ」

「心得ました」

和馬は頷いた。

久蔵は手を叩いた。

お糸がやって来た。

「旦那さま、何か……」

「急ぎ出掛けると、香織に……」

「はい」

「それから、和馬に朝飯を食べさせてやってくれ」

久蔵は命じた。

途端に和馬の腹の虫が鳴いた。

久蔵は笑った。

お糸は、懸命に笑いを堪《こら》えた。


夏の陽差しは朝から暑く、入谷永徳寺には住職の読経が響いていた。

雲海坊は、永徳寺の裏手から家作を見張った。

家作には、浪人と女房、そして若い百姓風の男が暮らしていた。

雲海坊は、三人の言葉の遣り取りから、浪人の女房と若い百姓風の男が姉弟と知った。

三人は、七日ほど前に入谷に現れ、空いていた永徳寺の家作を借りた。すぐに借りられたのは、三人が永徳寺の住職と同郷の知り合いだったからだ。

永徳寺の住職は、上州青柳の出身だった。

雲海坊は、永徳寺の寺男にそれとなく探りを入れた。

「ああ。家作を借りているのは、上州青柳の庄屋さまの縁者の方々ですよ」

「青柳の庄屋の縁者……」

「ええ。昔、うちの御住職が庄屋さまにお世話になったそうでしてね……」

上州青柳の庄屋の縁者……。

雲海坊は、三人の素性を知った。

「雲海坊……」

着流しの久蔵が、塗笠を目深に被ってやって来た。

「こりゃあ秋山さま……」

久蔵は、雲海坊を鬼子母神の境内に誘《いざな》った。

境内の外れからは、永徳寺の裏手が辛うじて見えた。

「どうだ……」

「はい。いろいろ分かりましたぜ……」

雲海坊は、今迄に分かった事を久蔵に詳しく報せた。

「青柳の庄屋の娘と浪人の亭主。それに、庄屋の倅《せがれ》か……」

「はい……」

雲海坊は頷いた。

久蔵は、浪人の亭主が虎太郎だと睨んだ。

「よし。良くやってくれたな」

久蔵は、雲海坊を労った。


茅場町の大番屋には、日本橋川を行き交う船の櫓の軋みが響いていた。

ざんばら髪の加藤清十郎は、下帯一本の姿で詮議場に引き据えられた。

如何に夏とは云え、下帯一本で底冷えのする大番屋の牢で一晩過ごした加藤は、鼻水を垂らして微かに震えていた。

和馬は、座敷の框に腰掛けて加藤を見据えた。

「神崎どの、拙者は旗本酒井家家臣の加藤清十郎だ。町方に捕らえられる謂われはない」

加藤は、虚勢を張り続けた。

「黙れ。髷も結わず、下帯一本で不忍池の畔で寝る武士など俺は知らねえぜ」

和馬は嘲笑った。

加藤は、己の置かれた惨めな立場を思い知らされた。

「神崎どの、御見忘れか。拙者です。加藤清十郎にござる」

加藤は、今にも泣き出さんばかりに訴えた。

「どうしても、旗本酒井家家中の加藤清十郎だと云い張るなら、酒井家の内情、知っているだけ話してみるんだな。そうすりゃあ、信じられるかもしれないぜ」

和馬は、冷たく見据えた。

加藤は、惨めに項垂《うなだ》れた。

大番屋の詮議場には、夏とは思えぬ冷ややかさが漂った。


木洩れ日は重なり合って揺れていた。

虎太郎は、おきぬや清吉と出掛ける仕度をしていた。

おくみを酒井屋敷から助け出した後、どう逃がすか……。

虎太郎は、様々な手立てを考えた。そして、自分が追手を食い止めている間に、おきぬと清吉を付き添わせて神田川から舟で逃がす手立てに辿り着いた。

それが上策だ……。

虎太郎はそう決め、江戸に不案内のおきぬと清吉に酒井屋敷と昌平橋の船着場を教え、詳しい動きなどを教える事にした。

庭の木洩れ日に人影が揺れた。

虎太郎は眼を上げた。

塗笠を目深に被った着流しの武士がいた。

虎太郎は、咄嗟《とっさ》に刀を手にした。

「虎、俺だよ……」

虎太郎は凍て付いた。

久蔵は、目深に被った塗笠を取って顔を見せた。

「久蔵さん……」

虎太郎は呆然とした。

「虎、いろいろ聞かせて貰おうか……」

久蔵は、苦笑を浮かべて縁側に腰掛けた。

四

宮本虎太郎は吐息を洩らした。

「嘘をついて申し訳ありませんでした」

虎太郎は詫びた。

「まんまと騙しやがって……」

久蔵は苦笑した。

「だが、流石《さすが》に剃刀久蔵ですね……」

虎太郎は、居場所を突き止めて来た久蔵に感心した。

「なあに、俺には幾つもの耳や眼があってな。その一つ一つが随分と頼りになる」

久蔵は、何人もの手先が虎太郎捜しに動いたのを匂わせた。

「そうでしたか……」

虎太郎は、思わず辺りを見廻した。しかし、手先が潜んでいるような不審な処はなかった。

「おいでなさいませ……」

緊張した面持ちのおきぬが、久蔵と虎太郎に茶を持って来た。

「どうぞ……」

おきぬは、久蔵に茶を差し出した。

「造作を掛けるな……」

久蔵は茶を飲んだ。

清吉は、怯えを滲ませておきぬの背後に控えた。

「久蔵さん……」

虎太郎は、おきぬと清吉を引き合わせようとした。

「虎、おかみさんと義理の弟かい……」

久蔵は、虎太郎を遮った。

何もかも知っている……。

虎太郎は、覚悟を決めた。

「はい。女房のおきぬと義弟の清吉です。おきぬ、清吉、秋山久蔵さまだ」

「やあ、秋山久蔵だ」

久蔵は微笑んだ。

「おきぬにございます。その昔、虎太郎が言葉に尽くせぬ程のお世話になったとか。お礼を申し上げます」

おきぬは、久蔵に落ち着いた挨拶をした。

「なあに、虎が餓鬼の頃の話だ。礼には及ばねえよ」

久蔵は笑った。

「清吉、お前も御挨拶なさい」

おきぬは、身を縮めている清吉に厳しく告げた。

「せ、清吉です……」

清吉は、怯えを滲ませて挨拶をした。

おきぬと清吉の姉弟は、姉の方がしっかりしていた。

「それで虎。酒井采女正の野郎が無理矢理に江戸に連れて来たおくみってのは……」

久蔵は尋ねた。

「清吉の女房です……」

「清吉の……」

久蔵は眉をひそめた。

「はい。この春、祝言をあげたばかりの……」

酒井采女正は、知行地の庄屋の倅の新妻を無理矢理妾にしたのだ。

「酷い話だな」

久蔵は呆れた。

「はい……」

虎太郎は、憤りを滲ませた。

おきぬは口惜しげに俯き、清吉はすすり泣いた。

「虎、それでどうする気だ……」

久蔵は、虎太郎を鋭く見据えた。

「久蔵さん、あの時、十五歳だった俺は……」

虎太郎は、庭先の木洩れ日を眩しげに見つめた。

木洩れ日は煌めいた。

十五歳の虎太郎は、父親の遺骨を抱えて上州高崎に向かった。

久蔵に貰った路銀を節約しながら、懸命に中山道を急いだ。だが、桶川《おけがわ》で道連れになった中年の行商人に騙され、路銀の全部を持ち逃げされてしまった。それからの道中は悲惨だった。

虎太郎は、飲まず食わずで深谷《ふかや》、本庄、倉賀野を通って高崎に辿り着いた。そして、父親の遺骨を宮本家の菩提寺に預け、働いて供養料を納める事にした。

百姓の手伝い、問屋場の人足、土地の博奕《ばくち》打ちの喧嘩出入りの助っ人……。

虎太郎は、高崎の宿場で身を粉にして働いた。そして、五年が過ぎて二十歳の時、虎太郎は漸《よう》く菩提寺に供養料を納め、剣術修行をしながら江戸に帰る事にした。

久々の剣術修行は面白かった。

虎太郎は、上州一帯を廻って剣術修行を続け、その足を甲州や信州にも伸ばした。

道場破り、用心棒、助っ人……。

虎太郎は、様々な仕事をして金を稼ぎ、廻国修行をして剣の腕を上げていった。

楽に金を稼ぎ、好きな剣の修行に打ち込み、何の責めも負わない暮らしは、虎太郎の性に合っていたのかもしれない。

虎太郎は江戸に戻る事もなく、上州、甲州、信州を巡り歩いた。

十年の歳月が過ぎ、虎太郎は三十歳になった。

虎太郎は、己の生き様に虚しさと淋しさを覚えた。

その足はいつしか江戸に向かい、上州青柳に来た時、盗賊たちが庄屋の屋敷に押し込むのに遭遇した。

虎太郎は、猛然と斬り込んで庄屋一家を助け、五人の盗賊を斬り棄てた。斬り棄てた盗賊の中に浪人あがりの凶賊・諏訪の五郎兵衛《ごろべえ》がいた。

虎太郎は庄屋に感謝され、逗留するように勧められた。虎太郎は、庄屋の言葉に甘えた。そして、一月余りが過ぎた時、虎太郎は百姓の子供たちに読み書きを教えていた。

百姓の子供たちに読み書きを教え始めたのは、庄屋の娘のおきぬに頼まれたからだった。

庄屋は、屋敷の近くに寺子屋を建て、虎太郎に任せた。

庄屋の娘のおきぬは、虎太郎の手伝いをした。一年後、虎太郎とおきぬは祝言をあげた。

虎太郎は、子供に読み書きを教え、田畑を耕す暮らしを始めた。

それも生き様……。

平凡な四年の歳月が流れ去った。

春、義弟の清吉が、おくみと祝言をあげた。そして、江戸から領主である酒井采女正が家来を従えて青柳にやって来た。

酒井采女正は、おくみに横恋慕した。そして、清吉を殴り倒し、嫌がるおくみを拐《かどわ》かすようにして江戸に連れ去った。

清吉は、気も狂わんばかりに追った。

虎太郎とおきぬはそれを知り、酒井采女正一行と清吉を追った。

虎太郎の昔話は終わり、おきぬの淹れてくれた茶を飲んだ。

「それで、江戸に入る前に何とかおくみを取り返そうとしたのですが……」

虎太郎は、口惜しげに眉を曇らせた。

「成る程。良く分ったぜ」

久蔵は頷いた。

「久蔵さん、昌平橋の袂で酒井の家来を斬ったのは……」

「ああ。ありゃあ、酒井家が町奉行所の調べを受ける謂われはないと抜かしやがってな。俺たちには拘わりのない一件だ」

久蔵は嘲笑を浮かべた。

「お前さま……」

おきぬは、安堵を滲ませた。

「ああ……」

虎太郎は頷いた。

「虎太郎、おくみは酒井屋敷の奥御殿の離れにいてな。老女が一人に腰元が二人、それに四人の家来が護りを固めている」

久蔵は告げた。

「久蔵さん……」

虎太郎は戸惑った。

「尤も五千石の酒井家には、家来は七十人程いる筈だから、虎一人じゃあ正面からは無理だな」

久蔵は睨んだ。

虎太郎は眉をひそめ、おきぬと清吉は恐ろしげに顔を歪めた。

「だが、まあ、そいつは何とかなるだろう」

久蔵は不敵に云い放った。

「肝心なのは、おくみを助けてどう逃がすかだな」

「ええ……」

「明神下の酒井屋敷からなら、神田川を舟で下るのが一番だな」

久蔵の睨みは、虎太郎と同じだった。

「俺もそう思います」

虎太郎は頷いた。

「よし。俺が昵懇《じっこん》にしている船宿があってな。腕が良くて気の利いた船頭がいる。舟の手配りは任せて貰おう」

「はあ……」

虎太郎は、微かな戸惑いを覚えた。

「よし。虎、立合ってみよう」

久蔵は不意に告げた。

「立合いですか……」

「ああ……」

久蔵は、庭先に出て虎太郎を待った。

虎太郎は、刀を手にして庭に降りた。

久蔵は、楽しそうな笑みを浮かべて刀を抜いた。

虎太郎は、やはり刀を抜いて青眼に構えた。

久蔵と虎太郎は対峙した。

二人の刀は、木洩れ日を浴びて輝いた。

虎太郎の青眼の構えは落ち着いており、怯えも昂ぶりもなかった。

「成る程……」

久蔵は刀を納めた。

「久蔵さん……」

虎太郎は困惑した。

「虎、立派な剣客になったな」

久蔵は褒めた。

「いいえ。斬られる恐ろしさを忘れる為、何も考えないでいるだけです」

虎五郎は苦笑した。

「それで良い……」

久蔵は頷いた。

虎太郎のそれなりの剣の天分は、実際の斬り合いによって大きく育てられたのだ。

久蔵は、虎太郎の剣が真っ直ぐに上達したのを喜んだ。

大川は夕暮れに包まれ、流れに舟の明かりが映えた。

久蔵は、和馬と幸吉たちを酒井屋敷に張り付けた。そして、柳橋の船宿『笹舟』で弥平次と一緒に虎太郎たちの来るのを待った。

戌の刻五つ（午後八時）になった時、虎太郎がおきぬと清吉を伴って訪れた。

久蔵は、弥平次と虎太郎たちを引き合わせ、伝八の操る屋根船で昌平橋の船着場に向かった。


酒井屋敷に変わりはなく、家来たちの見廻りが始まった。

和馬は、雲海坊と向かいの旗本後藤田屋敷の中間部屋から窺った。

幸吉は、由松や勇次と裏門などの屋敷の周囲を見張った。

見廻りの家来たちは、裏門を出て屋敷の周囲を廻って戻って来る。

酒井屋敷の敷地は一千五百坪余りあり、一廻りするだけでもそれなりの時が掛かる。

幸吉は、見廻りが出て行って戻る迄の数を数えた。

「和馬の旦那……」

中間部屋の窓から酒井屋敷を見張っていた雲海坊が、壁に寄り掛かって寝ていた和馬を起した。

「おう……」

和馬は、眼を覚ました。

「秋山さまとうちの親分が、宮本虎太郎さんを連れて来ましたぜ」

久蔵と弥平次、そして虎太郎の姿が窓の外に見えた。

「よし」

和馬と雲海坊は、後藤田屋敷の中間部屋を出た。


久蔵は酒井屋敷を訪れた。

潜り戸が開き、中間が顔を出した。

「御家来加藤清十郎どのの件で、御用人どのにお逢いしたい……」

久蔵は、身分を告げて酒井家用人に面会を求めた。

酒井家用人の白崎英之輔《しらさきひでのすけ》は、姿を消した加藤の事と聞いて久蔵を屋敷内に通した。

「和馬の旦那……」

弥平次は、久蔵が屋敷に入るのを見届けた。

「うん。じゃあ虎太郎さん……」

「うむ……」

虎太郎は、喉を鳴らして頷いた。

和馬と雲海坊は、虎太郎と共に裏門に急いだ。

弥平次は表門前に残り、久蔵を待つ手筈だった。


酒井屋敷の要所には、見張りの家来たちが配置されていた。

久蔵は、薄暗い座敷に通された。

座敷の周囲には、大勢の人の気配が漂っていた。

警戒していやがる……。

久蔵は苦笑した。

「お待たせ致した」

僅かな時が過ぎ、酒井家用人の白崎英之輔が入って来た。

久蔵と白崎は、挨拶を短く交わした。

「して秋山どの、御用とは我が家中の加藤清十郎の件だとか……」

白崎は、侮《あなど》りを秘めた冷たい眼を向けた。

「左様。昨夜遅く、不忍池の畔でざんばら髪で下帯一本の胡乱な者を捕らえましてな」

「ざんばら髪で下帯一本……」

白崎は、困惑を浮かべた。

「如何にも。その者は酒井家家臣の加藤清十郎だと名乗りましたが、何分にもその証は勿論、武士ならば当然所持していなければならぬ刀もなく……」

白崎の困惑した顔が強張った。

「我らも困り果てましてな。そうしたら、その者は酒井家家臣の証として、家中の事を詳しく話し始めましてな……」

久蔵は、白崎を厳しく見据えた。

白崎の顔色は変わった。

「我が家中の事を詳しく話し始めた……」

「左様。屋敷の事は無論、知行地の上州青柳での事をな……」

白崎の顔に怯えが過ぎり、座敷の周囲の人の気配が揺れて殺気が湧いた。

面白い……。

久蔵は、不敵に笑った。

見廻りの家来たちが、裏門から出て行った。
裏門には二人の家来が残った。
和馬と虎太郎が闇を揺らして現れ、二人の家来に襲い掛かって当て落した。
由松と勇次が現れ、気を失った二人の家来を素早く縛り上げ、猿轡《さるぐつわ》を嚙ました。
幸吉と雲海坊が、裏門から屋敷内に忍び込んだ。
和馬と虎太郎が続いた。

表御殿は緊張が漂っていた。
緊張の元は、久蔵に違いない……。
幸吉と雲海坊はそう睨み、明かりの灯されている奥御殿に走った。
おくみの閉じ込められている離れは、四人の家来に護られている。
幸吉、雲海坊、由松、勇次は、四人の家来を探した。
おくみは、四人の家来の近くにいる……。
幸吉たちは、四人の家来を見つけた。

四人の家来は、明かりの灯された離れの座敷を警固していた。

「よし。俺と虎太郎さんが一人ずつ倒す。幸吉たちは残る二人をな」

和馬は囁いた。

虎太郎と幸吉たちは頷いた。

「行くぞ」

和馬、虎太郎、幸吉、雲海坊、由松、勇次は、闇を走って見張りの四人の家来に同時に襲い掛かった。

虎太郎は家来の一人を峰打ちで倒し、和馬は十手で叩き伏せた。

幸吉と勇次、雲海坊と由松は、それぞれ家来を倒した。

闇の中での一瞬の出来事だった。

虎太郎は、和馬と幸吉たちの手際の良さに驚いた。

「さあ、虎太郎さん、腰元たちは引き受けます。おくみさんを連れて逃げて下さい」

「心得た」

虎太郎は頷いた。

和馬は、離れの座敷に忍び込んだ。

おくみは、座敷の隅で身を固くしていた。

座敷には老女がおり、次の間には二人の腰元が控えていた。

「如何に庄屋とは云え、所詮は草深い上州の片田舎。江戸で面白可笑しく暮らすのも女冥利《みようり》と云うもの……」

老女は、蔑みと嘲りに醜く笑った。

刹那、障子を開けて入って来た和馬が、老女を蹴倒した。

二人の腰元は、驚いて立ち上がった。しかし、幸吉、雲海坊、由松、勇次が背後から現れ、二人の腰元を押さえ付けた。

「おくみ……」

虎太郎は、恐怖に身を縮めているおくみに囁いた。

「義兄《にい》さま……」

おくみは、虎太郎に気付いて嬉しげに顔を綻ばせた。

「清吉やおきぬと迎えに来たぞ」

「清吉さんと義姉《ねえ》さまも……」

「うん。さあ……」

虎太郎は、おくみを連れて座敷を出た。

和馬と幸吉たちは、老女と二人の腰元を縛り、猿轡を嚙まして続いた。

おくみ救出は、手際良くあっと云う間に終わった。


座敷を取り囲む者たちの気配は、次第に大きくなった。

「加藤清十郎と云い張る者によれば、主の酒井采女正さまは、領民の妻に懸想《けそう》し、無理矢理江戸に拉致した人攫《ひとさら》い。拐かしの下手人となるが、如何かな……」

久蔵は、白崎英之輔を厳しく見据えた。

「おのれ、無礼な……」

白崎は怒りに震えた。

「たとえ無礼であっても事実であれば、我らとしては旗本支配の御目付に届け出る迄……」

「御目付に……」

白崎は、怒りの中に怯えを過ぎらせた。

目付に調べられて事実が露見すれば、公儀は酒井家五千石を取り潰しに掛かるのは必定だった。

「左様……」

久蔵は頷いた。

刹那、酒井采女正が座敷に入って来た。

「殿……」

白崎は狼狽えた。

「その方が秋山久蔵か……」

酒井采女正は、蒼白い顔を怒りに醜く歪ませ、甲高い声で怒鳴った。

「如何にも……」

久蔵は、思わず嘲りを浮かべた。

「おのれ、町奉行所与力の分際で儂《わし》に楯突く気か……」

座敷の周囲の襖や障子が開き、大勢の家来たちが現れて身構えた。

「静かにしやがれ」

久蔵は鋭く一喝した。

采女正と家来たちは、思わず怯んだ。

「五千石取りの御大身と二百石取り町奉行所の小役人。刺し違えるのも面白れえ。江戸の町の者たちも大喜びで見物するだろうぜ」

久蔵は、采女正に冷笑を浴びせた。

江戸の町の者たちが大喜びで見物するとは、采女正の乱行が噂になって広がると云う事に他ならない。

采女正は、微かな恐怖を覚えた。

「白崎さま……」

見廻りの家来が、血相を変えて駆け込んで来て白崎に何事かを告げた。

虎太郎と和馬たちは、無事におくみを助け出した……。

久蔵は、見廻りの家来の様子からそう見定めた。

白崎は狼狽した。

「どうした白崎」

采女正は苛立った。

「はっ……」

白崎は、采女正に強張った面持ちで囁いた。

「なに。追え。追って連れ戻せ」

采女正は驚き、激怒した。

「殿……」

白崎は、采女正を必死に押し止めた。

「最早、手遅れかと……」

白崎は、首を横に振った。

「おのれ……」

采女正は、口惜しさを露わにして久蔵に斬り付けた。

久蔵は、采女正の刀を見切り、抜き打ちの一閃を放った。

采女正の髷が斬り飛ばされた。

采女正と白崎たち家来は凍て付いた。

髷は天井に当たり、鈍い音を立てて畳に落ち、不格好に潰れた。

采女正は、恐怖に震えて腰を抜かした。

「お連れしろ。殿をお連れしろ」

白崎は、慌てて家来たちに命じた。

家来たちは、采女正を抱き抱えるようにして連れ去った。

「あ、秋山どの……」

白崎は、久蔵に縋る眼差しを向けた。

「白崎さん、上州青柳の一件から手を引けば、加藤清十郎は乱心者として放免する。しかし、手を引かぬとあらば、加藤清十郎を御目付に突き出す迄。采女正さまと篤《とく》と相談するのですな」

久蔵は、静かに云い残して座敷を出た。

家来たちは、慌てて左右に分かれて道を作った。

久蔵は、家来たちの間を式台に進んだ。


屋根船は神田川を静かに下った。

清吉とおくみは、障子の内で久々の再会を泣いて喜んだ。

虎太郎とおきぬは見守った。

伝八の操る屋根船には、雲海坊が乗っていた。

「どうだい、来るかね酒井家の追手は……」

伝八は、楽しげに雲海坊に訊いた。

「追って来た処で、和馬の旦那や幸吉っつあんたちが待ち構えている。ま、それより先に秋山さまに脅されて尻尾を巻くのに決まっているさ」

雲海坊はせせら笑った。

酒井屋敷は夜の闇に沈んだ。

久蔵は表に出た。

「秋山さま……」

和馬は、弥平次、幸吉、由松、勇次と共に久蔵に駆け寄った。

「上手く行ったようだな」

「はい。伝八の親方の屋根船で笹舟に向かっています」

和馬は報せた。

「うむ。みんな、御苦労だった。礼を云うぜ」

久蔵は、弥平次たちを労い、礼を述べた。

「いいえ。で、首尾は……」

弥平次は眉をひそめた。

「ま、これで幕は降りるだろうぜ」

久蔵は微笑んだ。

宮本虎太郎は、女房おきぬや義弟の清吉おくみ夫婦と共に久蔵に深々と頭を下げた。

「なあに、礼なら和馬や弥平次の親分たちに云うんだな」

久蔵は笑った。

「久蔵さん……」

「虎太郎、己を活かしてくれる人を大切にするんだぜ」

「和馬どのや弥平次の親分たちは、久蔵さんを活かしてくれていますか……」

「ああ。虎太郎、お前もおきぬや清吉たちに活かされているんだ。青柳で誰にも憚《はばか》られねえ暮らしを続けるんだぜ」

久蔵は、虎太郎に言い聞かせた。

「はい。心得ております」

「うむ。達者でな……」

久蔵は、虎太郎に別れを告げた。

虎太郎は、与平お福夫婦に宜しく伝えてくれるよう久蔵に頼み、中山道板橋宿を出立した。

虎太郎は、上州青柳に己の生きる場所を見つけた。

上州青柳で子供たちに読み書きを教え、庄屋になる清吉の手助けをするのが、虎太郎の子供の頃からの旅の終着地なのだ。

それも生き様……。

久蔵は、遠ざかって行く虎太郎を眩しげに見送った。

酒井采女正と用人白崎英之輔は、目付の吟味と江戸の者たちの噂を恐れた。そして、屋敷の門を固く閉めて鳴りを潜めた。

江戸の町には、日枝神社山王権現の夏祭りのお囃子《はやし》が流れた。

第三話

暑い日

一

文月《ふづき》――七月。

お盆が近付き、人々は茄子や胡瓜の馬や牛を精霊棚《しょうりょうだな》に供え、里帰りする先祖を慰める仕度を始める。

八丁堀岡崎町の秋山屋敷は、香織の産み月となり言い知れぬ緊張感に包まれていた。

養生所の産婆のお鈴は、毎日のように秋山屋敷を訪れて香織を診察した。

「お糸ちゃん、奥さまはいつ産気づいてもおかしくありません。もし、私がいない時だったらどうしようかしら……」

お鈴は、養生所の肝煎《きもいり》で本道医の小川良哲《おがわりょうてつ》の手伝い役でもあり、秋山屋敷に四六時中詰めている訳にはいかなかった。

「その時は人を走らせます」

お糸は微笑んだ。

「でも、与平さんじゃあ……」

お鈴は眉をひそめた。

下男の与平は、久蔵の父親の代からの奉公人で既に足腰が弱っており、小石川の養生所に走るのは無理だった。

「いいえ。父に頼んで足の速い人を寄越して貰います」

お糸は、養父である柳橋の弥平次に頼み、足の速い手先を寄越して貰うつもりだった。

「そうか。柳橋の親分さんに頼めば良いわね」

お鈴は、安心したように眼を輝かせた。

「はい……」

お糸は微笑んだ。


外濠に小波《さざなみ》が煌めいていた。

芝口《しばぐち》二丁目の自身番の番人鍋吉《なべきち》は、外濠に掛かる数寄屋橋御門を渡って南町奉行所に駆け込んだ。

「若い人足が旗本の倅を斬り、一膳飯屋に逃げ込んだだと……」

南町奉行所吟味方与力の秋山久蔵は、小者に案内されて庭先に控えた鍋吉を見据えた。

「へい。それで、神明《しんめい》の平七《へいしち》親分たちが取り囲み、秋山さまにお報せしろと……」

「で、斬られた旗本の倅ってのはどうした」

「それが……」

鍋吉は眉をひそめた。

「死んだのか……」

「へい。お医者に担ぎ込んだのですが……」

「分かった。案内しろ」

「へい」

鍋吉は、喉を鳴らして頷いた。

久蔵は、刀を手にして式台に急いだ。

陽は中天に昇り、熱く輝いていた。

今日も暑くなる……。

久蔵は眩しげに見上げ、鍋吉を伴って南町奉行所を出た。

数寄屋橋御門内南町奉行所から芝口二丁目は遠くはない。

外濠沿いを南に進むと汐留川《しおどめ》がある。その汐留川に架かる新橋を渡ると芝口だ。

久蔵は、鍋吉の案内でお尋ね者が逃げ込んだ一膳飯屋に向かった。

一膳飯屋は裏通りの奥にあり、町役人たちが野次馬を押し止めていた。

「家主さん、南の御番所の秋山さまを御案内しました」

鍋吉は、家主の甚兵衛《じんべえ》に告げた。

「これは秋山さま。御苦労さまにございます」

「うむ。して、誰か来ているか……」

「はい。蛭子《えびす》の旦那が……」

「おお、市兵衛《いちべえ》が来ているか……」

蛭子市兵衛は、南町奉行所の老練な臨時廻り同心だ。

久蔵は、一膳飯屋の表に向かった。

古い小さな一膳飯屋は、市兵衛と神明の平七たち岡っ引に囲まれていた。そして、片隅には数人の若い旗本が息巻いていた。

久蔵は、若い旗本たちを一瞥して市兵衛と平七を呼んだ。

「これは秋山さま……」

市兵衛は、久蔵の許に駆け寄った。

「御苦労さまです」

岡っ引の神明の平七が続いた。

神明の平七は、増上寺大門傍にある飯倉神明宮門前で女房と茶店『鶴や』を営んでいる岡っ引だ。

「一膳飯屋に人質は……」

「おこうって女将と利助《りすけ》って倅がおります」

「客はいないのか……」

「はい。まだ店を開ける前だったので……」

「不幸中の幸いか。で、他に出入り口は……」

「裏に板場から続く勝手口がありますが、幸吉と由松が見張っています」

「幸吉と由松が……」

「はい。柳橋の親分が助っ人に寄越してくれましてね」

平七は小さな笑みを浮かべた。

「そうか。で、市兵衛、中の様子は……」

「今の処、おこうや利助が危害を加えられた様子はありません」

「何者だ……」

「それが、奴らの話では……」

市兵衛は、片隅にいる若い旗本たちを一瞥して続けた。

「赤坂中ノ町の旗本沢木《さわき》家の部屋住みで、蔵人《くらんど》と申す者だそうです」

「旗本の部屋住みの沢木蔵人……」

「はい」

「で、奴らは斬られた旗本の倅の仲間か……」

久蔵は睨んだ。

「ええ……」

市兵衛は、眉をひそめて頷いた。

「奴ら、飯屋に踏み込んで仲間の仇を討とうって魂胆か……」

「ええ。ま、そう息巻いていますが、仇を討つ程の腕かどうか……」

市兵衛は、微かな嘲りを過ぎらせた。

「それにしても沢木蔵人、どうして人足姿なんかでいるんだい」

久蔵は眉をひそめた。

「そいつなんですがね。沢木蔵人、口入屋で日雇い人足の仕事を周旋して貰っていたようでしてね……」

市兵衛は、微かな同情を滲ませた。

「人足姿で刀を持って歩いていたのか……」

「いえ。斬り掛かった旗本の倅の刀を奪っての所業のようです」

「そうか。よし、此処は俺が引き受けた。市兵衛は沢木蔵人が何故、旗本の倅を斬ったのか、急ぎ突き止めてくれ」

「秋山さま……」

「市兵衛、人足姿の沢木蔵人と奴ら、斬り合う迄にどんな経緯《いきさつ》があったのか。見ていた者を捜し、偏らねえ話をな」

「心得ました」

「庄太《しょうた》、蛭子の旦那のお供をしな」

平七は、下っ引の庄太に命じた。

「へい」

市兵衛は、庄太を従えて町役人たちの許を立ち去った。

「さあて、沢木蔵人に話を聞いてみるか……」

久蔵は一膳飯屋に向かった。

平七が続いた。

「待て……」

若い旗本たちが駆け寄って来た。

久蔵は見据えた。

「拙者、旗本三百石森川監物《もりかわけんもつ》が倅の哲之進《てつのしん》だ。斬られた友の桑原秀之助《くわばらひでのすけ》の怨みを晴らさんが為、飯屋に踏み込む」

森川哲之進たちは息巻いた。

久蔵は、哲之進たちを見廻して苦笑した。

哲之進たちは苛立った。

次の瞬間、久蔵は哲之進に向かって踏み込み、足を掛けて押した。

哲之進は、呆気なく仰向けに倒れ、無様にもがいた。

哲之進の仲間たちは、驚き怯んだ。

「踏み込んだ処で返り討ちにされるのが落ちだ。大人しく引っ込んでいるんだな」

久蔵は冷たく告げた。

森川哲之進たちは、恥ずかしげに立ち去って行った。

久蔵は見送り、何事もなかったように一膳飯屋の前に立った。

一膳飯屋は静まり返っていた。だが、格子窓の障子の隙間から、人が外を窺う緊張した気配がした。

「俺は南町奉行所吟味方与力の秋山久蔵って者だが、沢木蔵人はいるか……」

久蔵は静かに呼び掛けた。

「何用だ……」

一膳飯屋から、沢木蔵人の緊張した擦《かす》れ声がした。

「女将のおこうと倅の利助、無事にしているかい」

「ああ……」

「声を聞かせてくれ」

久蔵は畳み掛けた。

「お役人さま、手前とおっ母さんは無事にございます」

利助と思える若い男の声がした。

「そいつは良かった」

久蔵は微笑んだ。

「処で沢木。何故、取り籠もりなんて真似をしているんだ」

「旗本の関口恭一郎《せきぐちきょういちろう》と尋常の果たし合いをさせてくれ」

「旗本の関口恭一郎……」

久蔵は戸惑った。

「そうだ。旗本の関口恭一郎と果たし合いをさせろ。一対一の尋常の勝負だ」

蔵人は声を震わせた。

「何故だ」

「訳などどうでもいい。早々に尋常の果たし合いをさせてくれ」

「蔵人、身許も割れているんだ。これ以上の騒ぎになると沢木家も只じゃあ済まない」

「煩い。俺はもう沢木家の者ではない。只の浪人だ。日雇い浪人の沢木蔵人だ」

蔵人は叫んだ。

「浪人の沢木蔵人……」

久蔵は眉をひそめた。

「そうだ。浪人だ。秋山さん、おこうと利助を無事に助けたければ、関口恭一郎と尋常の果たし合いをさせてくれ。頼む」

蔵人は悲痛に叫んだ。

「落ち着け、沢木……」

久蔵は、一膳飯屋に向かった。

「来るな。来ると、おこうと利助を殺す」

「お、お役人さま……」

女将のおこうの悲鳴があがり、利助の助けを求める声があがった。

「分かった。ならば沢木、関口恭一郎なる旗本にお前の頼みを伝える。だが万一、おこうと利助に怪我をさせた時には、容赦はしねえ。いいな」

久蔵は厳しく念を押した。

「はい。お願いです。関口恭一郎と尋常の果たし合いをさせて下さい」

蔵人は、久蔵に頼んだ。


久蔵は、平七の傍に戻った。

「秋山さま……」

「平七、沢木蔵人はおこうと利助を無事に助けたければ、関口恭一郎って旗本と果たし合いをさせろと云って来やがった」

「果たし合い……」

平七は困惑した。

「ああ。それから自分はもう沢木家の者じゃあなく、只の浪人だと云っている」

「只の浪人ですか……」

「ああ。とにかく平七は、関口恭一郎って旗本がどんな野郎か調べて来てくれ」

「承知しました」

平七は頷いた。

「秋山さま……」

南町奉行所定町廻り同心の神崎和馬が、岡っ引の柳橋の弥平次と共に駆け付けて来た。

「やあ。来たか……」

「遅くなりました」

弥平次は挨拶をした。

「うむ……」

「弥平次の親分、幸吉と由松には裏を見張って貰っています」

平七は、和馬と弥平次に挨拶をした。

「そうかい」

「それで、ちょいと由松をお借りします」

平七は、弥平次に頼んだ。

「ああ。好きに使ってくれ」

「ありがとう存じます。じゃあ秋山さま、和馬の旦那……」

「うむ。頼んだぜ」

「はい」

平七は、幸吉と由松のいる裏手に走った。

「それで秋山さま……」

和馬は眉をひそめた。

「ああ……」

久蔵は、和馬と弥平次に今迄に分かった事を話し始めた。

汐留橋の袂の船着場は、既に荷揚げ荷下ろしも終わり、問屋場の下男が掃除をしていた。

蛭子市兵衛と庄太は、下男に聞き込みを掛けた。

「へい。蔵人さん、此処で荷下ろしをしていたんです。そうしたら彼奴《きやつ》らが来て、蔵人さんを馬鹿にして笑い、蔵人さん、最初は相手にしていなかったんですが、何か言い返したんです。そうしたら彼奴らの一人がいきなり蔵人さんに斬り掛かって……」

「沢木蔵人、その刀を奪い、逆に斬り棄てたのかい」

市兵衛は眉をひそめた。

「へい。そして、蔵人さんは逃げて……」

沢木蔵人は桑原秀之助を斬り、森川哲之進たちに追われて芝口二丁目の裏通りの一膳飯屋に逃げ込んだ。

蛭子市兵衛が、平七や庄太とやって来たのはその直後だった。

「蛭子の旦那、今の話じゃあ、悪いのは沢木蔵人さんじゃあないように思うんですが……」

庄太は首を捻った。

「庄太、私もそう思うよ」

市兵衛は頷いた。

「でしたら……」

「その辺りの証言、もう少し集めてみよう」

「はい」

市兵衛と庄太は、事件の発端を目撃した者を探して聞き込みを続けた。


裏通りは陽差しに灼けた。

久蔵は、弥平次と共に一膳飯屋を見張った。

一膳飯屋は、静まり返ったまま変わった様子は窺えなかった。

和馬は、幸吉と一緒に赤坂中ノ町にある沢木蔵人の屋敷に赴いた。

沢木蔵人は、何故に関口恭一郎との果たし合いを望むのか……。

沢木蔵人と関口恭一郎には、どのような因縁があるのか……。

久蔵は、和馬にその辺を突き止めるように命じた。

「秋山さま。関口恭一郎さま、果たし合いを受けますかね」

弥平次は眉をひそめた。

「女将のおこうと利助の命が懸かっているんだ。何としてでも受けて貰わなきゃあな」

久蔵は、小さな笑みを浮かべた。

笑みの裏には、沢木蔵人の願いを叶えてやりたいと云う想いが秘められている。

弥平次は、久蔵の腹の内を推し測った。

久蔵は眼を細め、眩しげに一膳飯屋を見守っていた。

二

赤坂中ノ町は、氷川神社の裏手にあった。

和馬は、幸吉を伴って沢木屋敷を訪れた。

沢木家は百五十石取りであり、蔵人の兄の総一郎《そういちろう》が当主だった。

和馬は総一郎に面会を求め、幸吉は周囲の屋敷の中間小者や出入りの行商人に聞き込みを掛け始めた。

和馬は、総一郎に蔵人の事を尋ねた。

「蔵人が何か……」

総一郎は、和馬に怯えた眼を向けた。

「実は桑原秀之助と云う旗本の倅を斬り、芝口の一膳飯屋に取り籠もりましてね」

「桑原秀之助どのを斬って取り籠もった……」

総一郎は、恥も外聞もなく恐怖に震えた。

「如何にも……」

「神崎どの、蔵人は十日前に私に勘当してくれと申し出て、沢木家を出たのだ」

「勘当してくれと……」

和馬は眉をひそめた。

「ええ。それで私は御公儀に蔵人を勘当したと届けた。それ故、蔵人は最早、我が沢木家とは無縁の者。只の浪人なんです」

総一郎は、己と沢木家に蔵人の罪の累が及ぶのを恐れた。

「じゃあ、蔵人が沢木家を勘当され、浪人になったのに相違ないのですね」

「左様、相違ありません」

「蔵人、何故に沢木家を出たのですか……」

「さあ。蔵人の考えている事なんか、私は知りませんよ」

総一郎は、迷惑げに首を捻った。

兄弟の縁は薄い……。

和馬は、微かな腹立たしさを覚えた。

「沢木さん、蔵人は関口恭一郎と申す旗本との果たし合いを望んでいます」

「関口恭一郎さまと果たし合い……」

総一郎は、飛び上がらんばかりに驚いた。

「ええ。そいつが何故か分かりますか……」

「知らぬ。私は何も知らぬ。浪人の蔵人が何をしようが、私は知らぬ……」

総一郎は、恐怖に声を嗄《から》し、絞り出すように告げた。

所詮は貧乏御家人、己と僅かな扶持米を守るには、血を分けた弟でも棄てる。

これ迄だ……。

和馬は、沢木屋敷を後にした。


幸吉は、表門の外で待っていた。

「和馬の旦那……」

「何か分かったかい」

和馬と幸吉は、歩きながら話した。

「ええ。沢木家の娘の志乃《しの》さん、蔵人の妹さんですがね。十日程前に病で亡くなっているんですよ」

「十日前に妹が病……」

和馬は眉をひそめた。

「ええ。ですが旦那、近所の中間小者の間の噂じゃあ、志乃さんは自害したと……」

幸吉は囁いた。

「自害……」

和馬は驚いた。

「はい」

幸吉は頷いた。

「理由は……」

「そこ迄は……」

幸吉は、首を横に振った。

「妹の志乃、死んだのは十日程前だったな」

「ええ。そいつが何か……」

「十日前と云うと、蔵人が兄貴に勘当してくれと頼み、沢木家を出た頃だよ」

「じゃあ……」

「うん。蔵人が浪人になったのは、妹の志乃の死に拘わりがある……」

和馬は、背後の沢木屋敷を振り返った。

沢木屋敷はひっそりと建っていた。

総一郎は、妹志乃の死を一切告げなかった。

それは、拘わりのある証なのだ。

和馬は睨んだ。

「蔵人は妹の志乃さんと仲が良く、随分可愛がっていたそうですから、きっと……」

幸吉は頷いた。

「幸吉、死んだ妹の志乃を探ってみよう」

「はい……」

和馬と幸吉は、蔵人の妹志乃の死を調べる事にした。

陽は西に傾き始めた。

飯倉片町《いいぐらかたまち》に米沢藩十五万石の江戸中屋敷があり、その敷地内に支藩の米沢新田《しんでん》

った。

藩一万石の江戸上屋敷がある。

旗本五百石の関口恭一郎の屋敷は、その米沢新田藩江戸上屋敷の斜向かいにあった。

平七と由松は、南町奉行所に寄って旗本関口恭一郎について調べ、飯倉片町にやって来た。

岡っ引風情が、五百石取りの旗本に逢える筈もない。

平七と由松は、近所の武家屋敷の中間小者などに密かに聞き込みを掛けた。

関口恭一郎は、一年前に父親が病死して家督を継いでいた。

「評判、良くありませんぜ」

由松は眉をひそめた。

「ああ。家督を継ぐ前には、旗本の部屋住みや御家人の取り巻きを引き連れ、強《ゆ》請《す》りたかりの真似事もしていたそうだな」

平七は呆れていた。

「ええ。面白がって家来や奉公人をいたぶったり、女癖もかなり悪いそうですよ」

「旗本五百石が聞いて呆れるな」

「平七の親分、沢木蔵人が果たし合いを望む訳、その辺にあるんですかね」

由松は睨んだ。

「おそらくな……」

関口屋敷の潜り戸が開いた。

平七と由松は、素早く物陰に潜んだ。

芝口の一膳飯屋の前にいた森川哲之進が、着流しの若い武士と出て来た。二人は辺りを警戒の眼差しで窺い、増上寺の方に向かった。

「野郎、沢木蔵人に斬られた旗本の仲間だ」

平七は、森川哲之進を見定めた。

「着流し、関口恭一郎ですかね」

「うん。追ってみよう」

「はい……」

平七と由松は、関口と森川を追った。

陽差しは西に傾いても暑く、夏の気怠さが漂っていた。

八丁堀岡崎町の秋山屋敷には、緊張と慌ただしさが溢れた。

香織は、己の身体の異常を感じた。

赤子が産まれるかもしれない……。

香織は、お糸とお福や与平に報せた。

お福と与平は狼狽えた。

お糸は、詰めていた勇次を呼び、お鈴に報せるように頼んだ。

「合点だ」

勇次は、お鈴のいる小石川養生所に向かって猛然と走った。

香織は、お糸と共に用意してあった産着や晒しなどを出し、お産の準備をした。

お福はふくよかな身体を揺らし、意味もなく台所と香織の産室を往復した。

与平は、竈《かまど》に火を熾《おこ》して湯を沸かし始めた。

「大丈夫ですか、奥さま」

お福は、ふくよかな身体に汗を滲ませて心配した。

「落ち着きなさい、お福……」

香織は苦笑した。

揺れる木洩れ日が産室の障子に映えた。

一膳飯屋に動きはなかった。

久蔵は、出来るだけ少ない人数で一膳飯屋の包囲を続けた。

これ以上、大騒ぎにしたくない……。

久蔵は、沢木蔵人の取り籠もりを出来るだけ穏便に済ませたかった。

「秋山さま、それにしてもこのままでは……」

弥平次は眉をひそめた。

「うむ……」

蔵人が桑原秀之助を斬ったのは、浪人と旗本の部屋住みの喧嘩で済ませる事が出来る。

しかし、人質を取って一膳飯屋に取り籠もったのは言い訳が効かない。

「少しでも心証が良くなればいいんですがね」

弥平次は吐息を洩らした。

「よし……」

久蔵は、一膳飯屋に近付いた。

「聞こえるか、沢木……」

久蔵は、一膳飯屋にいる沢木蔵人に呼び掛けた。

「関口はどうした。関口恭一郎は果たし合いの申し込みを受けたか……」

「そいつはまだだが沢木、今のままではお前の頼みは聞けぬ」

「何故だ」

「何の拘わりもないおこうと利助を人質にしての頼みは、只の無理押し、誰も納得はしねえ。せめて、おこうだけでも放免するんだな」

久蔵は言い聞かせた。

「おこうを……」

蔵人は、戸惑いの声を洩らした。

「ああ。もし、人質が利助一人で不安だってんなら、俺が代わってもいいぜ」

「冗談じゃあない」

蔵人は狼狽えた。

「沢木、こっちも黙ってお前の言いなりになる訳にはいかねえんだ。分かるだろう」

蔵人の返事はなかった。

「沢木、じゃあ俺の方から行くぜ」

久蔵は、一膳飯屋に向かった。

刹那、一膳飯屋の腰高障子が開いた。

久蔵は立ち止まった。

人足姿の沢木蔵人は、女将のおこうを店から突き飛ばすように押し出し、腰高障子を素早く閉めた。

久蔵は、倒れそうになったおこうを咄嗟に抱き支えた。

おこうは、疲れた面持ちで大きな吐息を洩らした。

「大丈夫か、怪我はないか……」

「はい。ちょいと疲れただけです」

おこうに怪我はなく、着物に乱れも汚れもなかった。

「そいつは良かった。後ろに下がってゆっくり休むが良い」

「ありがとうございます……」

「秋山さん……」

一膳飯屋から蔵人が久蔵を呼んだ。

「何だ」

「おこうは放免した。だから、関口恭一郎と果たし合いをさせてくれ。さもなければ、利助の命はない。分かったな」

蔵人は怒鳴った。

久蔵は、おこうを弥平次たちの許に伴った。

弥平次は、おこうを斜向かいの茶店で休ませた。

「で、おこう、沢木蔵人、どんな野郎だ」

「それがお役人さま、決して悪い人じゃありませんよ」

おこうは、弥平次に渡された水を飲んだ。

「悪い人じゃあねえ……」

久蔵の眼は僅かに輝いた。

「はい。私と利助に刀を突き付けましたが、迷惑を掛けて済まないと詫び、殴ったり蹴ったりは勿論、皿や茶碗を割るような乱暴な真似もしませんでしてね」

「じゃあ、利助も無事なんだな」

「そりゃあもう。夜の商売の仕込みをしていますよ」

「仕込み……」

久蔵と弥平次は戸惑った。

「ええ。沢木さん、店から出なきゃあ何をしても良いって……」

「それで仕込みか……」

弥平次は呆れた。

「じゃあおこう。お前と利助、逃げようと思えば逃げられたのか……」

「私は無理かもしれませんが、利助は逃げられた筈です。でも、母親の私を置いて逃げたら親不孝者になりますからねえ」

おこうは笑った。

「成る程。おこう、良く分かったぜ」

久蔵は苦笑した。

「はい……」

おこうは頭を下げた。

「大変だったねえ、おこうさん。さあ、奥で横になると良いよ」

茶店の女主は、おこうを奥に誘った。

「済みませんねえ。造作を掛けちまって。私も吃驚《びっくり》してさあ……」

おこうは、茶店の女主と賑やかにお喋りをしながら奥に入って行った。

「秋山さま……」

弥平次は、安堵と腹立たしさに深々と吐息を洩らした。

「何だか拍子抜けだな」

「ええ。妙な具合になりましたね」

弥平次は、困惑を隠さなかった。

「まったく、とんだ取り籠もりだ」

久蔵は、急に夏の暑さを感じた。

「秋山さま……」

蛭子市兵衛が戻って来た。

「おう……」

「蛭子の旦那、御苦労さまです」

弥平次は、市兵衛に挨拶をした。

「やあ……」

「で、どうだったい」

「見ていた者を捜し、いろいろ訊いたのですが、人足働きをしていた沢木に桑原秀之助たちが絡み、何事かを言い返した沢木に桑原が斬り付け、逆に刀を奪われて斬られた。見ていた者の殆どがそう証言しましたよ。庄太が引き続き、聞き込みを続けていますがね」

市兵衛は、額の汗を拭った。

「じゃあ、先に仕掛けたのは桑原秀之助や森川哲之進たちか……」

「ええ。侍の癖に日雇いの人足働きかと、桑原たちは沢木を嘲笑い、口汚く罵《のの》り、かなりしつこかったそうです」

「悪いのは、桑原や森川たちか……」

久蔵は、厳しさを過ぎらせた。

「私はそう思います」

市兵衛は頷いた。

「そうか……」

「で、こっちの様子は……」

市兵衛は、一膳飯屋を見つめた。

「そいつがな……」

久蔵は、苦笑いをしながら事情を説明し始めた。

溜池は陽差しに光り輝いていた。

和馬と幸吉は、沢木蔵人の妹志乃の死を調べ、医者を捜し当てた。

志乃を診た医者は、溜池傍の赤坂田町《たまち》五丁目に施療院を開いている岸井《きしい》幸庵《こうあん》だった。

和馬と幸吉は、岸井幸庵を訪ねた。

「沢木さまの志乃さまですか……」

幸庵は眉をひそめた。

「ええ。本当は病死じゃあないと聞いたが、本当の処はどうなんですか」

和馬は、幸庵を見据えた。

「それは、病死に決まっておりますよ」

幸庵は、僅かに狼狽えた。

「相違ありませんね」

和馬は念を押した。

「う、うん……」

幸庵は、苦しげに顔を歪ませた。

和馬と幸吉は、幸庵が嘘をついていると睨んだ。

「幸庵さん、もしそいつが嘘だったら只じゃあ済みませんよ」

和馬は、幸庵を厳しく見据えた。

「その嘘が、沢木家から金を貰っての事なら尚更ですぜ」

幸吉は、冷笑を浮かべて畳み掛けた。

幸庵は俯き、微かに震えた。

どうやら、志乃の死の真相は、沢木家から金で口止めされているのだ。

「よし。じゃあ幸庵さん、大番屋に来て貰いますか……」

和馬は促した。

「自害だ。志乃さんは自害です……」

幸庵は観念した。

「自害……」

「ええ……」

「志乃さん、どうやって自害を……」

「懐剣で心の臓を突き刺し、私が駆け付けた時は、もう手遅れだった」

「理由、聞いていますか……」

「いいや、知らぬ。それで沢木さまが、病で死んだ事にしてくれと、金を……」

幸庵は項垂れた。

増上寺門前町の盛り場は、夕暮れ前から賑わっていた。

平七と由松は、関口恭一郎と森川哲之進が場末の居酒屋に入るのを見届けた。

「どうします」

「俺は店の者に面が割れている。由松、潜り込んでくれ」

「承知……」

由松は、平七を残して関口と森川の入った居酒屋に入った。

関口と森川は、入れ込みの奥で浪人たちと酒を飲んでいた。

由松は、店の若い衆に酒と肴を注文し、関口や森川たちを見守った。

夕陽が格子窓から差し込み始めた。

三

八丁堀の組屋敷街は夕方を迎えた。

秋山屋敷の門前では、与平が落ち着かない風情でうろうろしていた。

お鈴を乗せた町駕籠は、勇次に誘われてやって来た。

「お、遅いぞ、勇次……」

「与平さん、奥さまは……」

「まだだ。奥さま、勇次が戻りました。お鈴さんが来ました。奥さま……」

与平は、賑やかに屋敷内に駆け込んだ。

町駕籠は秋山屋敷の門前に止まり、お鈴が降りた。

「勇次さん。御苦労さまでした」

お鈴は、薬籠《やくろう》を提げて秋山屋敷に駆け込んで行った。

「お疲れさん……」

勇次は、駕籠舁《かき》に酒手を弾んだ。


夕陽は一膳飯屋を包んだ。

和馬と幸吉が戻り、久蔵に蔵人が沢木家を出て浪人になった事と妹志乃の自害を報せた。

「十日程前に妹の志乃が自害し、蔵人が家を出たか……」

久蔵は眉をひそめた。

「はい。秋山さま、蔵人が関口恭一郎と果たし合いを望むのは、妹の自害が拘わりがあるんじゃあないでしょうか」

和馬は読んだ。

「おそらくな……」

久蔵は頷いた。

「となると、妹志乃の自害に関口が絡んでいるのですかな」

市兵衛は眉をひそめた。

「うむ……」

「秋山さま……」

弥平次は、夕暮れの空を示した。

「よし。夜になると面倒だ。俺が踏み込む。市兵衛と弥平次は表を固めてくれ。和馬と幸吉は裏口を頼んだぜ」

久蔵は決めた。

「利助、大丈夫ですか……」

幸吉は心配した。

「幸吉、心配はいらないさ」

弥平次は、小さな笑みを浮かべた。

「じゃあ幸吉……」

和馬は、幸吉を促して裏口に走った。

久蔵は、和馬と幸吉が裏口に廻った頃合いを見計らった。

「さあて、行くぜ……」

久蔵は、一膳飯屋に向かった。

「お気を付けて……」

市兵衛と弥平次は見送った。


一膳飯屋は夕暮れに覆われた。

「邪魔をするぜ」

久蔵は、無造作に腰高障子を開けた。

「来るな」

沢木蔵人は、飛び上がらんばかりに驚いて久蔵に斬り掛かった。

久蔵は、素早く飯台に駆け上がり、蔵人の背後に飛び降りた。

蔵人は、振り返り態《ざま》に横薙《よこな》ぎの一刀を久蔵に放った。

刃風が鋭く鳴った。

刹那、久蔵は横薙ぎの一刀を躱し、蔵人の懐に飛び込んだ。

蔵人は怯んだ。

久蔵は、蔵人の刀を握る腕を押さえて身を寄せた。

「は、離せ」

蔵人は、もがき抗った。

「そうはいかねえ」

久蔵は冷たく笑い、蔵人の刀を握る腕を捻り上げた。

蔵人は、顔を苦しく歪めて呻いた。

久蔵は、蔵人から刀を奪い取った。

蔵人は、肩で大きく息をつき、力尽きたようにその場に座り込んだ。

蔵人の剣の腕はそれなりのものだった。だが、久蔵の敵ではなかった。

利助が、呆然とした面持ちで立ち竦《すく》んでいた。

「利助かい……」

「へ、へい……」

利助は、怯えたように頷いた。

「怪我はねえかい」

「へい。お陰さまで……」

利助は、喉を鳴らして頷いた。

「よし。沢木蔵人だな」

「はい」

蔵人は頷いた。

「俺は南町の秋山久蔵だ」

「はい……」

蔵人は、久蔵を見つめて頷いた。そこには怯えや狡猾さはなく、無念さと潔さだけがあった。

「和馬、幸吉……」

久蔵は、裏口に叫んだ。

和馬と幸吉が、裏口から入って来た。

「秋山さま……」

「おう。幸吉、利助を裏口から密かにおこうのいる茶店に連れて行ってやりな」

「はい」

幸吉は頷いた。

「和馬、市兵衛と弥平次に表の囲みを出来るだけ少なくしろとな」

「心得ました」

和馬と幸吉は、利助を連れて裏口から出て行った。

店内には久蔵と蔵人が残った。

「私を捕らえないのですか……」

蔵人は、怪訝な面持ちで久蔵を見つめた。

「まあ、腰掛けな……」

久蔵は、蔵人に入れ込みの上がり框《かまち》に腰掛けるように勧めた。

蔵人は頷き、久蔵の勧めに素直に応じた。

「さあて、沢木蔵人。お前が桑原秀之助や森川哲之進たちに絡まれ、斬り付けて来た桑原の刀を奪い、逆に倒したのは良く分かったよ」

久蔵は苦笑した。

「秋山さん……」

蔵人は、久蔵の苦笑に戸惑った。

「所詮は侍同士の揉め事、喧嘩。どうなろうが知った事じゃあねえが、何の拘わりもねえおこうと利助を巻き込んだのは感心しねえな」

「おこうと利助には、迷惑を掛けて申し訳なく思っています」

蔵人は項垂れた。

「蔵人、桑原を斬った以上、只じゃあ済まねえと覚悟を決め、取り籠もって関口恭一郎を呼び、果たし合いをしようと企てた……」

久蔵は、蔵人を見据えた。

読まれている……。

蔵人は、微かな狼狽を過ぎらせた。

「どうやら図星だな……」

蔵人は、顔色を読まれないように顔を背けた。

「蔵人、お前、十日程前、兄上に勘当して貰って沢木家を出て浪人したそうだな」

「はい……」

蔵人は、警戒するような眼差しを久蔵に向けた。

「そいつは、妹の志乃に拘わりあるのだな」

久蔵は、不意に斬り込んだ。

「あ、秋山さん……」

蔵人は思わず怯えた。

怯えは、久蔵の睨みが当たっている証だった。

蔵人が浪人になったのは、死んだ志乃に拘わりがある……。
久蔵は確信した。
「蔵人、志乃の自害、果たし合いの相手の関口恭一郎と……」
「止めろ」
蔵人は、久蔵を遮った。
久蔵は、蔵人を冷たく見守った。
蔵人は、必死に久蔵を睨み付けた。
志乃が可哀想だ、憐れだ……。
蔵人は、子供の頃からの志乃の面影を思い浮かべ、必死に久蔵に対した。
蔵人は、自害した妹の志乃を守ろうとしている……。
久蔵の直感が囁いた。
死んだ志乃を守ると云うのは、志乃の人としての誇りを守る事なのだ。
久蔵は、蔵人の気持ちを読んだ。
何故、志乃は自害したのか……。
志乃の自害は、関口恭一郎とどんな拘わりがあるのか……。
久蔵は思いを巡らせた。

「秋山さん、私は桑原秀之助を斬り殺しました。さっさとお縄にして裁きに掛けて下さい」

「そして、どんな仕置を受けても浪人になった限り、実家の沢木家に累は及ばないか……」

久蔵は、蔵人が浪人になった理由を読んだ。

「秋山さん……」

蔵人は、久蔵の睨みの鋭さに言葉を失った。

「だが、そうはいかねえ……」

久蔵は、蔵人に笑い掛けた。

夏の長い夕暮れは、漸く終わろうとしていた。


産室には幾つもの燭台が灯された。

香織の陣痛は、日が暮れると共に始まった。

お鈴は産室の香織に付き添い、お糸は忙しく動き廻った。そして、勇次は台所で産湯を沸かし、お福は台所の柱に貼られた『火廼要慎《ひのようじん》』のお札に手を合わせて念仏を唱えた。

香織の陣痛は、まだまだ間隔が開いていた。

「産まれるのはおそらく夜中、慌てる事はありませんよ」

お鈴は、皆を落ち着かせた。

「はい」

お糸は頷いた。

「勇次さん、与平さんは……」

お糸は、与平がいないのに気が付いた。

「そいつが、秋山さまにお報せするって南の御番所に……」

「あらあら、そんな真似をすると怒られるのに……」

お糸は苦笑した。

「お嬢さん、湯は沸きました。他にする事はありませんかい」

「今の処、特にありませんので、休んでいて下さい」

「分かりました。じゃあ、台所か表門脇にいますので……」

「お願いします」

お糸は、必要な物を持って香織の産室に行った。

勇次は、表門に向かった。

八丁堀の組屋敷街は夜に包まれた。

一膳飯屋に明かりが灯された。

蔵人は、妹志乃の話になってから黙り込んだままだった。

裏口の戸が小さく叩かれた。

「誰だ……」

久蔵は訊いた。

「私です」

蛭子市兵衛だった。

「入ってくれ」

市兵衛は、神明の平七を伴って入って来た。

「おう。平七か……」

「遅くなりました……」

「平七、秋山さまに……」

市兵衛は促した。

「はい。実は……」

平七は、久蔵に囁いた。

「関口恭一郎が……」

久蔵は眉をひそめた。

蔵人は、弾かれたように久蔵と平七を見た。

「はい。森川って野郎と、食詰め浪人を四人、金で雇ってこっちに向かっています」

平七は告げた。

「食詰め浪人を四人か……」

「はい。由松が見張っています」

「秋山さま……」

市兵衛は苦笑した。

「よし。市兵衛、表の警固は今のままにして、和馬と幸吉には裏に隠れていろとな」

「心得ました」

「平七、お前は利助の代わりに人質になってくれ」

久蔵は命じた。

「承知しました」

平七は、羽織を脱いで片隅にあった利助の半纏を纏った。

「じゃあ……」

市兵衛は、裏口から素早く出て行った。

「秋山さん……」

蔵人は、久蔵が何をする気なのか分からず、困惑した。

「蔵人、関口恭一郎がどんな野郎か何となく分かって来たぜ」

久蔵は笑った。


一膳飯屋の表は、蛭子市兵衛、弥平次、庄太、僅かな捕り方たちが警戒していた。

関口たちを見張っていた由松が現れ、市兵衛や弥平次たちに駆け寄って来た。

「市兵衛の旦那、親分……」

「由松、関口たちはどうした」

市兵衛は尋ねた。

「はい。関口と森川は、源助町《げんすけちょう》にある小料理屋に入り、四人の浪人が裏口に……」

由松は、一膳飯屋の裏手を示した。

「よし。親分……」

「はい。由松、関口と森川から眼を離すんじゃあない」

「合点です」

由松は走り去った。

市兵衛と弥平次は、一膳飯屋に忍び寄った。

庄太が続いた。


一膳飯屋の裏手は薄暗く、見張りの者はいなかった。

四人の浪人は、一膳飯屋の裏口に忍び寄って戸を開けた。

裏口の戸は、微かな軋みを鳴らして開いた。

四人の浪人は、一膳飯屋に忍び込んだ。

和馬と幸吉が、物陰の暗がりから現れた。

店の中には、半纏を纏った平七と人足姿の蔵人がいた。

四人の浪人は抜刀し、猛然と人足姿の蔵人に殺到した。
人足姿の蔵人は身構えた。
「それ迄だ」
久蔵の厳しい声が飛んだ。
浪人たちは怯んだ。
久蔵が、浪人たちの背後にいた。
「関口恭一郎に頼まれての所業か……」
久蔵は、嘲笑を浮かべた。
「おのれ……」
二人の浪人が久蔵に斬り掛かり、残る二人の浪人が蔵人に襲い掛かった。
平七は、十手を唸らせて蔵人を庇《かば》った。
久蔵は、揺粉木棒《すりこぎ》で二人の浪人の刀を弾き飛ばした。
揺粉木棒に弾かれた浪人の刀は、店内の柱に刃を食い込ませた。
久蔵は、揺粉木棒で浪人の額を打ち据えた。
浪人は昏倒した。
もう一人の浪人は怒り、猛然と久蔵に斬り掛かろうとした。

久蔵は、擂粉木棒を投げ付けた。

擂粉木棒は、浪人の顔面に当たった。

浪人は、鼻血を流して怯んだ。

久蔵は、その隙を衝いて浪人の脾腹に拳を叩き込んだ。

浪人は、鼻血に汚れた顔で崩れ落ちた。

平七と蔵人に襲い掛かっていた残る二人の浪人は、驚き慌てて裏口に逃げた。

だが、和馬と幸吉が立ち塞がり、表から市兵衛が弥平次と庄太を従えて踏み込んで来た。

二人の浪人は、逃げ場を失って猛然と反撃した。

和馬は、斬り付けた浪人の刀を躱し、伸びきった腕に十手を叩き込んだ。

浪人の伸びきった腕の骨は、乾いた音を鳴らして折れた。

浪人は、悲鳴をあげて蹲《うずくま》った。

市兵衛は、残る浪人の脾腹に十手を突き入れた。

浪人は、顔を苦しさに醜く歪めて気を失い、前のめりに土間に倒れた。

和馬、平七、幸吉、庄太は、四人の浪人に素早く縄を打った。

「関口恭一郎に頼まれての仕業だな」

久蔵は、浪人たちを厳しく見据えた。

「知らぬ……」

浪人たちは、苦しげに惚《とぼ》けた。

「そうか、忘れたのなら思い出させてやるぜ」

久蔵は、嘲笑を浮かべて小柄《こづか》を抜いた。そして、浪人の縛られた手を摑み、爪の間に小柄を突き刺した。

浪人は、悲鳴をあげて仰《の》け反《ぞ》った。

「まだ、思い出せねえかい……」

久蔵は、別の指を摑んだ。

「せ、関口だ。関口恭一郎に頼まれたんだ」

浪人は吐いた。

「関口に沢木蔵人を殺せと頼まれたんだな」

久蔵は念を押した。

「ああ……」

浪人は項垂れた。

「市兵衛、関口はどうなっている」

「由松が見張っています」

「よし。和馬、平七、浪人どもを大番屋に叩き込め」

「心得ました」

和馬と平七たちは、浪人たちを引き立てた。

「蔵人、関口がお前の口を封じようとした訳、教えて貰おうか……」

久蔵は、呆然としている蔵人に笑い掛けた。

四

燭台の火は瞬いた。

和馬は、平七、幸吉、庄太、そして表を固めていた捕り方たちと、四人の浪人を大番屋に引き立てた。

一膳飯屋には、久蔵、市兵衛、弥平次が残り、蔵人と対した。

「さあて蔵人、お前が果たし合いを申し込む前に関口恭一郎の方からやって来たぜ」

「秋山さん……」

「果たし合いと口封じ。どう見たって知らぬ顔は出来ねえ。此処にいる二人は、酸いも甘いも嚙み分けた者たちだ。何を話しても世間に洩れる心配はねえ……」

蔵人は、久蔵の思いやりを知った。

「どうだい。決して悪いようにはしねえ。何もかも話しちゃあくれねえか」

久蔵は、穏やかに告げた。

蔵人は覚悟を決めた。

「秋山さん、十日程前、私の妹の志乃は……」

蔵人は、口惜しげに顔を歪めた。

「死んだ母親の墓参りに麻布《あざぶ》の菩提寺に行き、その帰りに関口恭一郎と桑原秀之助に拉致され、手込めにされたのです」

「手込め……」

久蔵は眉をひそめた。

市兵衛と弥平次は、小さな吐息を洩らした。

「志乃は無念さに塗れ、恥を忍んで事の経緯を書き残し、自ら命を絶ったのです。私は志乃の無念を晴らす為、関口恭一郎に果たし合いを申し入れました」

蔵人は、怒りに震えた。

「関口、果たし合いの申し込み、どうしたんだい」

「無視した挙げ句、卑怯にも兄にそれとなく圧力を掛けて来たのです。それで私は、沢木の家を出て浪人になったのです」

「そして、日雇いの人足働きをしながら、関口に果たし合いを申し込み続けたか……」

「はい。そして今日、桑原秀之助に逢い……」

蔵人は、口惜しさを露わにした。

「桑原の野郎、志乃を侮辱するような暴言を吐いたか……」

久蔵は、怒りを過ぎらせた。

蔵人は頷いた。

「許せなかった。私は桑原に、その汚い首を必ず貰い受け、日本橋に晒してやると脅しました。そうしたら……」

「桑原秀之助が怯えて血迷い、斬り付けて来た訳だな」

久蔵は苦笑した。

「怯えてかどうかは分かりませんが、いきなり斬り掛かって来て……」

「刀を奪って返り討ちにしたか……」

「はい。捕らえられると関口恭一郎を討ち果たし、志乃の無念を晴らすのは叶いません。それで……」

「此処に取り籠もり、関口と果たし合いをさせろと要求したのだな」

「はい。女将のおこうと利助には迷惑を掛け、済まないと思っています」

蔵人は頭を下げた。

「何もかも良く話してくれた。関口恭一郎の薄汚ねえ外道振りは、浪人共を刺客に差し向けた事でも良く分る。さあて、どうしてくれるか……」

「私たちを出し抜いて取り籠もり者を討ち果たそうとは、身の程知らずの愚か者。そいつを思い知らせてやらねばなりませんな」

市兵衛は、厳しさを滲ませた。

「弥平次の親分もそう思うかな」

「はい……」

弥平次は頷いた。

「よし。蔵人、聞いての通りだ」

久蔵は笑った。

夜が更けても、暑さは気怠く満ちていた。

陣痛の間隔は次第に短くなっていた。

香織は、出産に対する恐怖より、子供が産まれる喜びだけを想い描いていた。

お鈴とお糸は、準備万端を整えてその時を待った。

お福は、出産が夜中だと聞いて夜食の仕度を始めた。

勇次は、表門脇の中間小屋に詰めていた。

久蔵の許に走った与平が、疲れ切った足取りで帰って来た。

「与平さん、秋山さまは一緒じゃあないのかい……」

勇次は戸惑った。

「そいつが、芝口で取り籠もりがあったそうでな。出掛けたままだ」

「取り籠もり……」

勇次は眉をひそめた。

「ああ。きっと弥平次の親分や幸吉たちも行っている筈だぜ」

「ええ。きっと取り囲んでいますよ」

勇次は、微かな淋しさを覚えた。

「それで奥さまは……」

与平は、心配げに屋敷の奥を見つめた。

「お鈴さんの見立てじゃあ、産まれるのは夜中だそうですぜ」

「そうか、夜中か……」

「秋山さま、それ迄に戻られるといいんですがね」

「うん。じゃあ勇次、此処を頼むよ」

「合点です」

「流石はお糸ちゃんだ。勇次に来て貰って大助かりだ」

与平は安心したように笑い、老いた身体を引き摺るように台所に向かった。

与平さんも年を取った……。

勇次は、心配げに見送った。

沢木蔵人は、単衣《ひとえ》に袴の浪人姿に戻った。

蛭子市兵衛は、蔵人と芝口の自身番で久蔵からの報せを待った。

久蔵は、弥平次と共に関口恭一郎と森川哲之進のいる源助町の小料理屋に向かった。

小料理屋のある源助町は、芝口の隣町で遠くはない。

久蔵と弥平次は、源助町の木戸番屋を訪れた。

「これは秋山さま。柳橋の親分さん……」

木戸番の仙吉《せんきち》は、久蔵と弥平次を迎えた。

木戸番は、町木戸の開け閉めの管理と夜廻りが主な仕事であり、時には役人が犯人を捕らえる手伝いや道案内などもした。

源助町の木戸番の仙吉は、久蔵や弥平次とも顔見知りだった。

「やあ。仙吉さん、久し振りだね」

「へい。御無沙汰しております」

弥平次と仙吉は、親しげに挨拶を交わした。

普段の付き合いが、幸吉や手先たちの探索を左右する。

弥平次は、自身番の者や木戸番たちと出来るだけ親しく付き合っていた。

「それで、由松の見張っている小料理屋、何処だい」

由松たち弥平次の手先は、一人で動く時、後から来る者の為に自身番の者や木戸番に言付けを頼むのが決まりだった。

「御案内します」

仙吉は、久蔵と弥平次を小料理屋に誘った。

小料理屋は裏通りの外れにあった。

仙吉は、小料理屋の斜向かいの暗がりから由松を呼んで来た。

「秋山さま、親分……」

「御苦労だな」

久蔵は、由松を労った。

「いいえ……」

「まだいるんだな」

久蔵は、小料理屋を厳しい面持ちで見据えた。

小料理屋からは、客の楽しげな笑いが洩れていた。

「はい。どうやら浪人たちが戻って来るのを待っているようです」

「浪人たちがお縄になり、何もかも白状したとも知らず、暢気《のんき》な者たちですねぇ」

弥平次は呆れた。

「ああ。間抜けな外道よ……」

久蔵は嘲笑った。

小料理屋は客で賑わっていた。

「いらっしゃいませ」

年増の女将は、久蔵、弥平次、由松を迎えた。

「うむ。邪魔をする」

久蔵は、店内に関口恭一郎と森川哲之進を捜した。

「秋山さま……」

由松は、入れ込みの衝立《ついたて》の陰で酒を飲んでいる関口と森川を示した。

「野郎が関口恭一郎か……」

久蔵は、関口を見据えた。

「はい」

由松は頷いた。

「あの……」

年増の女将が眉をひそめた。

「女将、実はね……」

弥平次は、年増の女将を帳場に誘った。

久蔵は、由松を従えて関口と森川の許に向かった。

森川は、久蔵に気付いて顔色を変えた。

関口は眉をひそめた。

「関口恭一郎さんだね」

久蔵は、関口を見据えた。

「お、おぬしは……」

関口は、怯えを滲ませた。

「南町奉行所吟味方与力の秋山久蔵だ」

「なに……」

関口は驚いた。

「お前さん、金で浪人を雇い、俺たちを出し抜いて沢木蔵人を闇討ちしようとしたたな」

「し、知らぬ……」

関口は狼狽した。

「浪人共が白状しているんだ。惚けても無駄だ。一緒に来て貰うぜ」

久蔵は、厳しく告げた。

「待て。俺は旗本だ。町奉行所にとやかく詮索される謂われはない」

関口は、必死に虚勢を張った。

「煩せえ。たとえ旗本であろうが、町奉行所の邪魔をするように命じた限り、只じゃあ済まねえのは覚悟の上だな」

久蔵は、冷笑を浮かべた。

「只じゃあ済まない……」

関口の眼に恐怖が過ぎった。

「ああ、目付や評定所に一件の裏を詳しく報せ、どうなるのかを見るのも面白い……」

目付は旗本の支配監察をし、評定所は武士の裁きをする。

「待ってくれ……」

関口は、激しく狼狽し恐怖に震えた。

「そいつが嫌なら、沢木蔵人の果たし合いを受けるんだな」

「果たし合い……」

関口は凍て付いた。

「ああ。沢木蔵人との果たし合いだ」

久蔵は、関口を睨み付けた。

関口は言葉を失った。

「目付か果たし合いの二つに一つ。好きな方を選ぶんだな」

久蔵は、関口を厳しく追い詰めた。

「もし、もし二つとも嫌だと云ったら……」

関口は、狡猾な眼で久蔵を窺った。

「心配するな。その時は、俺が役目を返上してお前さんを叩き斬る迄だよ」

久蔵は、事も無げに云い放った。

関口は、既に逃げ道を塞がれているのに気が付き、半泣きで項垂れた。

「さあて、さっさと選ぶんだな……」

久蔵は、冷たく促した。


亥の刻四つ（午後十時）が近付いた。

香織の陣痛は激しくなり、お産の刻を迎えた。

お鈴、お糸、お福は産室に詰め、香織を励ました。

与平と勇次は、産湯を沸かしながら久蔵の帰りを待った。

香織の陣痛は続いた。


溜池の馬場に篝火《かがりび》は燃え上がった。

沢木蔵人は、燃え上がる篝火に囲まれて関口恭一郎と対峙した。

久蔵は、弥平次や由松と見守った。

関口恭一郎の介添えには森川哲之進が付き、沢木蔵人には市兵衛が付いていた。

対峙する蔵人と関口の刀は、小刻みに震えて煌めいた。

「関口恭一郎、妹志乃の怨みを晴らす。尋常に勝負しろ」

蔵人は、湧き上がる昂ぶりと恐怖に擦れた声を震わせた。

「知らぬ。俺はお前の妹など知らぬ」

関口は震え、声を引き攣《つ》らせた。

「おのれ……」

蔵人は、恐怖を振り払うように猛然と関口に斬り掛かった。

関口は恐怖に喚き、刀を振り廻しながら後退りした。

蔵人は迫った。

後退りしていた関口が、足を縺《もつ》れさせて仰向けに倒れた。そして、刀を放り出し、頭を抱えて無様に助けを求めた。

「許せ。許してくれ」

蔵人は、眉をひそめて立ち止まった。

「この通りだ。許してくれ……」

関口はすすり泣き、旗本の虚勢を棄てて蔵人に手を合わせた。

蔵人は、顔を歪ませて刀を引いた。

「危ねえ」

久蔵は叫んだ。

刹那、関口は刀を拾い、片膝をついて斬り上げた。

蔵人の太股《ふともも》が斬られ、血が飛んだ。

「卑怯者」

蔵人は、刀を真っ向から斬り下げた。

関口の額から血飛沫が噴きあげた。

蔵人は、返り血を浴びてその場に崩れた。

関口は、血塗れになって前のめりに倒れた。

市兵衛と森川は、それぞれ蔵人と関口に駆け寄った。

市兵衛は、蔵人の太股の傷を検めた。

「安心しろ。傷は浅い……」

市兵衛は、蔵人を励ました。

「はい」

蔵人は、痛みに顔を歪めて頷いた。

「関口さま、恭一郎さま……」

森川は声を嗄した。

関口は絶命していた。

沢木蔵人は、尋常の果たし合いの末に関口恭一郎を討ち果たした。

「沢木、見事だ」

久蔵は見届けた。

「秋山さん、かたじけのうございました……」

蔵人は、その場に座り込んだまま嬉し泣きをし始めた。

沢木蔵人の果たし合いは終わった。

篝火は火の粉を飛ばして燃え続けた。

久蔵は、浪人の沢木蔵人を取り籠もりの罪で大番屋の牢に入れるように命じた。

夜風は涼やかに吹き抜け、暑い一日は漸く終わろうとしていた。


八丁堀組屋敷街は寝静まっていた。

久蔵は、一件の始末を蛭子市兵衛に任せて組屋敷に戻った。

岡崎町に入った時、微かに赤ん坊の泣き声が聞こえた。

まさか……。

久蔵は、立ち止まって耳を澄ました。だが、赤ん坊の泣き声は聞こえなかった。

久蔵は、屋敷に急いだ。

屋敷の前に人影が見えた。

久蔵は、人影が与平だと気付いた。

「与平……」

「旦那さま……」

与平は、転びそうな足取りで久蔵に駆け寄った。

「どうした……」

久蔵は眉をひそめた。

「奥さまが、奥さまが……」

与平は、顔を涙と鼻水に濡らして久蔵に縋った。

「香織がどうした」

「産気づかれて……」

与平は鼻水をすすった。

香織の出産は難しかったのか……。

久蔵は、思わず香織の無事を祈った。

「お、おめでとうございます」

与平は、嬉し泣きの涙を零《こぼ》した。

「なに……」

久蔵は戸惑った。

「秋山さま……」

勇次が出て来た。

「おう、勇次……」

「おめでとうございます。男の赤ん坊が無事にお生まれだそうです」

「男の赤子……」

久蔵は混乱した。

「はい。さあ、早く奥さまの処に……」

「う、うむ。与平を頼む」

「はい」

久蔵は、嬉し泣きをしている与平を勇次に預けて屋敷に駆け込んだ。

赤ん坊の泣き声が、屋敷の中に響き渡っていた。

香織は、無事に男の子を産んだ。

「旦那さま……」

香織は、疲れ切った顔に微笑みを浮かべ、隣で泣いている赤子を示した。

「良かった。良かったな、香織」

「はい……」

「おめでとうございます」

お鈴とお糸は、久蔵と香織を祝った。

「うむ。お鈴、お糸、お陰で無事に産まれた。この通り礼を申す」

久蔵は、お鈴とお糸に深々と頭を下げた。

「いいえ。産婆の務めを果たした迄です」

「御役に立てて何よりです」

お鈴とお糸は、嬉しげに笑った。

「旦那さま……」

お福は、前掛を嬉し涙に濡らしていた。

「お福。良かったな……」

「はい。大旦那さまと雪乃さまも草葉の陰できっとお喜びの事と存じます……」

お福は、手放しで泣いた。

「もう、お福は赤子より泣いているんですよ」

香織は、お鈴やお糸と笑った。

「そうか……」

久蔵は苦笑した。

姉上……。

香織は、久蔵の亡き先妻である姉の雪乃に手を合わせ、己の幸せをそっと報せた。

桑原秀之助斬殺は、武士としての喧嘩の末の事だ。そして、関口恭一郎の死は、尋常な果たし合いの結果なのだ。

旗本の桑原家と関口家は、秀之助と恭一郎の死を飽く迄も個人の所業の果てとして穏便に済ませた。そこには、旗本の家を守る必死な一念が込められている。

久蔵は、沢木蔵人を取り籠もりの罪で江戸処払いにした。

久蔵は、赤ん坊を抱き上げた。

赤ん坊は軽かった。

その軽さが次第に重くなるのに従い、父親としての実感や責めも重くなる。

久蔵は、己に言い聞かせた。

玄関先が賑やかになった。

和馬と弥平次一家が、赤子の誕生と香織の床払いを祝いに訪れたのだ。

久蔵は、式台に出迎えに向かった。

木洩れ日は、庭先に揺れて美しく煌めいた。

第四話

余計者

一

葉月――八月。

残暑の厳しい季節。江戸の町は月見や深川八幡宮の祭礼で賑わう。

南町奉行所吟味方与力秋山久蔵は、妻の香織と相談して我が子を〝大助《だいすけ》〟と名付けた。

秋山大助は、乳を良く飲んで大声で泣く元気な赤ん坊だった。

香織は、産後の経過も良く、夫の久蔵と我が子大助の世話に忙しく動き廻っていた。

お糸は、香織が出産する迄の約束で秋山家に手伝いに来ていた。そして、香織の出産も無事に終わり、お糸の役目も終わった。

お糸には、養家である柳橋の船宿『笹舟』に帰るか、このまま秋山家に残るか二つの道があった。

養い親の弥平次とおまき、そして久蔵と香織は、どちらを選ぶかをお糸自身に任せた。

　弥平次とおまきも歳を取り、養女のお糸を頼りにしている。それに応えるのが、浪人だった父親を殺されて孤児になったお糸を引き取り、養女にしてくれた弥平次とおまきに対する恩返しであり、人の道だ。

　お糸は、弥平次とおまきの船宿『笹舟』に帰る事に決めた。

「そうですか。笹舟に帰りますか……」

　香織は、淋しさを過ぎらせた。

「はい。大助さまも手の掛からない良い子ですし、笹舟の両親も歳を取りましたので……」

「そうね。弥平次の親分と女将のおまきさん、口には出さなかったけど、お糸ちゃんがいなくてきっと淋しかったでしょうね」

　香織は、弥平次とおまきを思いやった。

「申し訳ありません」

　お糸は詫びた。

「いいえ。私こそ、お糸ちゃんと親分や女将さんの御好意に甘えてしまって。長い間、本当にありがとう」

香織は、お糸に深々と頭を下げた。

「奥さま……」

お糸は慌てた。

「お糸ちゃん、いつでも遊びに来て下さいね」

「ありがとうございます。大助さまも私の抱っこがお好きですから……」

お糸は笑った。

大助の泣き声が響いた。

「あらあら、昼寝から起きたようですよ」

香織とお糸は、大助の泣き声のする奥座敷に急いだ。


庭には虫の音が響いていた。

久蔵は、香織の介添えで着替えを終え、茶を飲んだ。

「そうか。お糸、笹舟に帰るか……」

「はい。帰って親分や女将さんに親孝行するのが恩返しだと……」

香織は、次の間で袴を畳みながら告げた。

「うむ……」

久蔵は、お糸の気持ちが良く分かった。

「あの。旦那さま、奥さま……」

与平とお福がやって来た。

「おう。与平、お福。揃ってどうした。まあ、入ってくれ」

「は、はい。御無礼致します……」

与平とお福は、遠慮がちに座敷に入って隅に座った。

「何か用か……」

久蔵は、屈託なく尋ねた。

「はい……」

与平は痩せた身体を丸め、お福はふくよかな身体を縮めた。

「どうしました」

香織は、怪訝な面持ちで久蔵の傍らに控えた。

「あの、旦那さま、奥さま。長い間お世話になりましたが、お暇を取らせて戴きます」

与平とお福は告げた。

「なに……」

久蔵は驚いた。

「与平、お福、どうしたのです」

香織の顔に戸惑いが広がった。

「はい。私とお福は歳を取り過ぎました」

与平は、白髪眉を哀しげにひそめて項垂れた。

「旦那さま、奥さま、大助さまがお生まれの時、私は念仏を唱えるだけで、何の役にも立てませんでした」

お福は、前掛で顔を覆ってすすり泣いた。

「手前も勇次が来てくれたから良かったようなものの、おろおろするだけでした。役に立たない奉公人はお家に仇なす余計者。お暇を戴きとうございます」

与平は、鼻水をすすって平伏した。

お福は続いた。

「与平、お福……」

久蔵は、与平とお福の覚悟を初めて知って激しく狼狽えた。

「旦那さま……」

香織は、久蔵の狼狽え振りに戸惑った。

「う、うむ。与平、お福、私はその方たちを只の奉公人とは思ってはおらぬ。父の代から私を育ててくれた恩人、親戚以上の者と思っている」

久蔵は慌てた。

「勿体ないお言葉……」

与平とお福はすすり泣いた。

「あの……」

お糸が、心配げにやって来た。

「丁度良かった、お糸ちゃん。与平、お福、話は後刻ゆっくりと。ささ、今夜はこれ迄にしましょう。お糸ちゃん……」

「はい」

香織とお糸は、すすり泣く与平とお福を介添えして台所に連れ去った。

久蔵は、呆然とした面持ちで座っていた。

与平とお福が暇を取る……。

久蔵は、考えてみた事もない事態に陥った。

「こいつは我が家の一大事だ……」

久蔵は、思わず呟《つぶや》いた。

虫の音は賑やかに続いた。


不忍池は朝霧に覆われていた。

旗本の隠居は、愛犬を連れて池の畔に散歩にやって来た。

犬は池の畔を走り廻った。そして、雑木林に駆け込み、何かを見つけたらしく地面を掘りながら騒がしく吠えた。

「煩いぞ、次郎丸……」

旗本の隠居は眉をひそめ、吠えながら穴を掘る犬の傍に行った。

犬は、飼い主の隠居に訴えるように吠えた。

隠居は、犬の掘っている穴を見た。

穴には土に汚れた人の足があった。

隠居は思わず呻いた。


朝の日本橋の通りは、勤めに行く者たちが忙しく行き交っていた。

南町奉行所定町廻り同心の神崎和馬は、八丁堀の組屋敷に報せに来たしゃぼん玉売りの由松と不忍池に急いだ。

「裸の男の死体か……」

「ええ。もう、かなり腐っていましてね。骨が出ている処もあるんですよ」

「そいつは酷いな……」

和馬は眉をひそめた。

「おまけに顔は何度も殴られたのか、滅茶苦茶でしてね。あんな酷え死体、あっしは初めて見ましたよ」

「由松、俺だってそんなのは初めてだ。勘弁して欲しいよ」

和馬の足取りは重くなった。


男の死体は腐乱し、人相はおろか年齢や体付きも良く分からなかった。

「丸裸にして埋めたのは、見つけられても身許を分からないようにする為ですか……」

弥平次は睨んだ。

「成る程な……」

和馬は、筵《むしろ》を僅かに捲《まく》って仏を一瞥し、慌てて眼を瞑って手を合わせた。

「ですが、髪は白髪混じりで髷《たぼ》の作りから見て、四十歳過ぎの町方の者って処ですか……」

弥平次は、腐らないで残っていた髪と髷から仏の歳と身分を読んだ。

「四十過ぎの町方の者か……」

「きっと……」

弥平次は、控え目に頷いた。

「それで親分。仏さん、埋められてからどのぐらい経っているのかな」

「この夏の暑さを考えると、ひと月程前じゃあないかと思えます」

弥平次は読んだ。

「ひと月前か……」

「ええ……」

「それにしても、これじゃあ殺しの手口も分からないな」

和馬は吐息を洩らした。

「ええ。それに此処で殺されたのか、他で殺されて運ばれて来たのか……」

「その辺もはっきりしないか……」

「ええ。今、幸吉たちが辺りに聞き込みを掛けているんですがね。何分にも殺された時期もはっきりしないし、仏が何処の誰かも分からない……」

弥平次は眉をひそめた。

「お手上げだな……」

和馬は、諦めを過ぎらせた。

「始まったばかりです。そうはいきませんよ」

弥平次は苦笑した。

「親分……」

茅町《かやちよう》から幸吉が駆け寄って来た。

「こりゃあ和馬の旦那……」

「やあ、御苦労さん……」

和馬は、幸吉を労った。

「何か分かったか……」

弥平次は尋ねた。

「そいつが妙な噂がありましたよ」

幸吉は眉をひそめた。

「妙な噂……」

「ええ。茅町に主夫婦と手代の三人でやっている小さな筆屋がありましてね。そこの旦那が同業者と大山《おおやま》詣りに行き、怪我をしたって報せが来たとか。それで、おかみさんと手代は店を休みにして、大山に行ったそうなんですが、以来、梨の礫《つぶて》だそうですよ」

大山は、相州伊勢原にある霊山で庶民の信仰を集めていた。大山詣りは江戸から三、四泊の気軽な旅であり、江ノ島に足を伸ばしたりして人気があった。

「幸吉、そいつはいつの話だ」

弥平次の眼が光った。

「ひと月程前の事だそうです」

「親分……」

和馬は、仏はひと月前に埋められたとの弥平次の読みを思い出した。

「ま。仏と筆屋に拘わりがあるかどうかは分かりませんが、調べてみますか……」

弥平次は、和馬の指示を仰いだ。

「うん……」

和馬は頷いた。

「よし。幸吉、お前と雲海坊の二人で筆屋の一件の仔細を調べてみな」

「承知しました」

幸吉は、微かな笑みを浮かべて頷いた。

「じゃあ旦那。あっしたちは、ひと月程前から行方知れずになっている四十歳過ぎの町方の者がいるかどうか調べてみますか……」

「うん。俺は北町にも訊いてみるよ」

和馬と弥平次たちは探索を始めた。


大戸を閉めた筆屋『鶴亀堂《つるかめどう》』は、冷ややかな気配を漂わせていた。

幸吉と托鉢坊主の雲海坊は、茅町の自身番を訪れて筆屋『鶴亀堂』を詳しく調べた。

筆屋『鶴亀堂』の主の彦造《ひこぞう》は四十三歳であり、女房のおいちは三十歳だった。

二人の間に子供はいなく、奉公人である手代の平吉《へいきち》と三人暮らしだった。

二十三歳の手代の平吉は、母屋の裏の離れに寝泊まりしていた。

筆屋『鶴亀堂』は、大繁盛はしていないが閑古鳥が鳴いている程でもなかった。

「それで、鶴亀堂の旦那の彦造さん、どんな人柄なんですかね」

幸吉は、茅町の自身番の店番に訊いた。

「どんなって。まあ、ごく普通の商人ですよ」

店番は戸惑った。

「おかみさんや奉公人とはどうでした」

「おかみさんのおいちさんは、優しい穏やかな人でしてね。手代の平吉も真面目な働き者で、鶴亀堂に変わった様子は何もなかったと思いますが……」

「そうですか……」

筆屋『鶴亀堂』には、取立てて変わった様子はなかった。

幸吉と雲海坊は、店番たちに礼を述べて自身番を出た。

「評判、良いな……」

「ああ。良すぎるぜ」

雲海坊は苦笑した。

「どうする」

「先ずは、彦造の商売仲間に当たってみるぜ」

「町内の人には見せていない別の顔があるかもな」

「ああ、それに同業者と本当に大山詣りに行ったのかだ」

雲海坊は、彦造の大山詣りを疑っていた。

「分かった。俺はおかみさんや手代の平吉を調べてみるよ」

幸吉と雲海坊は二手に別れた。


神田川に枯葉が流れ始めた。

弥平次は、由松と勇次に四十歳過ぎの行方不明者の洗い出しを命じ、柳橋の船宿『笹舟』に戻った。

船宿『笹舟』には、秋山久蔵が訪れていた。

「秋山さまが……」

「ええ。何だか難しいお顔をされて……」

女将のおまきは眉をひそめた。

「まさか、お糸をこのまま秋山家にって話じゃあないだろうな……」

弥平次は、役目を終えたお糸の帰りを心待ちにしていた。

「さあ……」

おまきは眉をひそめた。

弥平次は、久蔵の待つ座敷に急いだ。

大川からの風は、穏やかに座敷を吹き抜けていた。

「お待たせ致しました」

弥平次は座敷に入った。

「やあ。不忍池の畔で見つかった仏か……」

「はい……」

「顔も分からねえ程だと聞いたが、宜しく頼むぜ」

「はい。今、和馬の旦那と仏さんの身許の洗い出しを急いでおります」

「そうか……」

「御無礼致します」

女将のおまきが、酒を持って来て久蔵に酌をした。

「済まないな」

久蔵は、屈託ありげに酒を飲んだ。

「それで秋山さま……」

弥平次は、久蔵が訪れた目的を尋ねた。

「弥平次、おまき、秋山の家の一大事だ」

「一大事……」

弥平次とおまきは緊張した。

「ああ。昨夜、与平とお福が暇を取ると云い出した」

久蔵は吐息を洩らした。

「与平さんとお福さんが……」

おまきは驚いた。

「ああ。大助が産まれた時、何の役にも立たなかった。役に立たない奉公人は、暇を取るしかないとな……」

「はあ……」

弥平次は、与平とお福が役に立たなかった自分に苛立ち、怒りを覚えているのを知った。

「成る程、そいつは一大事ですね」

「ああ。与平とお福がいての秋山の家だ。それで、庭に隠居所を建てて隠居暮らしをして貰おうと思っていたのだが……」

「そいつは結構なお話ですね」

弥平次とおまきは微笑んだ。

「ついては、後釜の下男だ」

久蔵は眉をひそめた。

「与平さんとお福さんの後釜ですか……」

「ああ。俺の役目が役目だ。いつ何が起こるか分からねえし、時には捕物の真似事もしなきゃあならねえ。もし、弥平次の眼に適う者がいたら口を利いて貰いたいんだ」

久蔵は頼んだ。

「それは仰られる迄もなく捜しますが、与平さんやお福さんと同じには……」

弥平次は眉をひそめた。

「そいつは覚悟の上だ」

「分かりました」

弥平次は、久蔵の頼みを引き受けた。

「ありがてえ……」

久蔵は微笑んだ。

「処で弥平次、おまき。後でお糸が自分で云いに来るだろうが、お糸が戻って来るぜ」

「お糸が……」

弥平次は顔を輝かせた。

「ああ。香織のお産もお陰で無事に終わった。お糸には随分世話になったし、弥平次やおまきにも迷惑を掛けた。この通り、礼を云うぜ」

久蔵は、弥平次とおまきに頭を下げた。

「秋山さま……」

弥平次とおまきは慌てた。

久蔵は、安心した面持ちで猪口の酒を飲み干した。

二

神田明神は参拝客で賑わっていた。

雲海坊は、神田明神門前の筆屋を訪れた。

「ひと月前に大山詣りですか……」

筆屋の主は戸惑った。

「ええ。茅町の鶴亀堂の彦造さんたちと一緒に……」

「いいえ。ひと月前に彦造さんたちと大山詣りになんか、行っちゃあいませんんよ」

筆屋の主は、首を横に振った。

「じゃあ、旦那は行かなくても、彦造さんたち同業の旦那衆が行ったとかは……」

「さあ、聞いちゃあいませんが……」

筆屋の主は眉をひそめた。

「そうですか……」

筆屋の旦那衆の大山詣りは、おそらくなかったのだ。

筆屋『鶴亀堂』の主彦造は、ひと月前に大山詣りなどに行ってはいない。だが、女房のおいちと手代の平吉は、彦造が大山詣りに出掛けて怪我をしたと云って後を追った。そして、ひと月が経っても何の音沙汰もない。

何もかも仕組まれているのか……。

雲海坊は、他の筆屋の主にも訊いてみる事にした。

筆屋『鶴亀堂』の彦造は、店を女房のおいちと手代の平吉に任せ、御贔屓の旗本屋敷や大店に筆を売り歩いていた。

『鶴亀堂』の売り上げの三分の一は、そうして売って得たものであり、彦造は商売上手と云って良かった。

幸吉は、女房のおいちを調べた。

おいちの実家はやはり筆屋だったが、父親が博奕で多額の借金を作って首を括《くく》った。娘のおいちは、借金の形《かた》に女郎屋に身売りする事になった。その時、借金の肩代わりをしてくれたのが、かつて父親の店に奉公していた彦造だった。そして、彦造はおいちを女房にした。

彦造が三十三歳、おいちが二十歳、十年前の事だった。

手代の平吉は、十五の歳に『鶴亀堂』に奉公し、八年が過ぎて手代として働いていた。

平吉は王子の百姓の出であり、寡黙で主に忠実な働き者だった。

幸吉は、おいちと平吉を調べた。


白髪混じりの町方の男……。

南北両町奉行所に届けが出されている行方知れずの者に該当者は多かった。多いと云うより、寧《むし》ろ多すぎた。

和馬、由松、勇次は、不忍池の近くに住んでいた者から調べ始めた。だが、腐乱死体と思われる者は、浮かばなかった。

月見も過ぎ、夜の船遊びの季節も終わりに近付いた。

夜、船宿『笹舟』は、名残を惜しむ客で賑わった。

和馬と弥平次は、柳橋の南詰にある蕎麦屋『藪十《やぶじゅう》』に幸吉、雲海坊、由松、勇次を集めた。

蕎麦屋『藪十』は、弥平次の古参の手先だった長八《ちょうはち》の営む店だ。

長八は、かつて夜鳴蕎麦屋の屋台を担いで張り込み、老練な探索をした男だった。

弥平次は、歳を取った長八を手先から外し、稼業の蕎麦屋を持たせた。

「由松、勇次。運んでくれ」

「合点だ……」

由松と勇次は、長八と共に酒と肴を入れ込みに運んだ。

入れ込みには、和馬、弥平次、幸吉、雲海坊がいた。

「おまちどおさまです」

長八、由松、勇次は、徳利と肴を配った。

「ま。取り敢えず御苦労だったな」

和馬は、猪口に満ちた酒をすすった。

弥平次たちも酒を飲み、肴を食べた。

「ま、今の処、俺たちの方には手応えはないのだが、そっちはどうだった」

和馬は、幸吉と雲海坊に尋ねた。

「そいつなんですがね。鶴亀堂の旦那の彦造、同業の旦那衆と大山詣りに行っちゃあいませんぜ」

雲海坊は酒を飲み干した。

「なに……」

和馬と弥平次たちは眉をひそめた。

雲海坊は、神田明神門前の筆屋の他に四軒の店を当たった。そして、『鶴亀堂』の彦造の大山詣りが偽りだと見定めた。

「そうか……」

和馬は、喉を鳴らして酒を飲み下した。

「和馬の旦那、こりゃあ不忍池の畔の仏さんと拘わり、ありそうですね」

弥平次は睨んだ。

「うん……」

「幸吉、女房のおいちと手代の平吉、どう云う者たちなんだい……」

弥平次は幸吉に尋ねた。

「はい……」

幸吉は、おいちと平吉について分かった事を話した。

「おいちと平吉か……」

弥平次は、酒を飲み干した。

「親分……」

長八が、弥平次に徳利を差し出した。

「長八、どう思う」

弥平次は、長八の酌を受けながら尋ねた。

「親分、彦造が大山詣りに行き、怪我をしたと云ったのは、女房のおいちと手代の平吉です。あっしなら二人を追いますよ」

長八は笑った。

「だろうな……」

弥平次は頷いた。

「よし。親分、おいちと平吉を追ってみよう」

和馬は、声を弾ませた。

「承知しました」

弥平次は頷いた。

神田川を行く船の櫓の軋みが響いた。


燭台の明かりは仄かに座敷を照らした。

与平とお福は、神妙な面持ちで久蔵と香織の前に座った。

「さあて、与平、お福、暇を取る件だが、許す訳にはいかないな」

久蔵は厳しく告げた。

「旦那さま……」

与平とお福は、哀しげに顔を歪めた。

「お前たちには、秋山の家にずっといて貰う」

「でも旦那さま、手前共はもう……」

「与平、お福、もう奉公はしなくてもいいのですよ」

香織は微笑んだ。

「奥さま。奉公をしないのなら、暇を取っても……」

与平とお福は戸惑った。

「旦那さま……」

香織は、久蔵を促した。

「うむ。与平、お福。近々、庭に離れを建てる。そこで暮らして新しい奉公人に秋山家の家風を教えてやって欲しい」

「新しい奉公人に秋山家の家風を……」

「ああ。お糸も笹舟に戻り、お前たちも暇を取ると、香織一人の手に余る。それで今、新しい奉公人を弥平次に捜して貰っているのだが、秋山家の奉公人は、どのような者がいいのかお前たちが一番良く知っている筈だ。そいつを見極め、家風を教えてやってくれ。頼む」

久蔵は頭を下げた。

「与平、お福、私もこの通りお願いします」

香織は、久蔵に続いて頭を下げた。

「畏れ多い事にございます」

与平とお福は慌てた。

「で、どうかな与平……」

久蔵は微笑んだ。

与平は、困惑した面持ちでお福を窺った。

「旦那さま、奥さま……」

お福は、久蔵と香織の優しさに気付き、浮かぶ涙を拭った。

大助の泣き声が微かに聞こえた。

「奥さま、大助さまが……」

お福は、ふくよかな身体に似合わぬ素早さで立ち上がった。

「失礼します」

香織は苦笑し、お福と共に座敷を出て行った。

「お福、まだまだ達者じゃねえか」

久蔵は苦笑した。

「はい。大助さまの事になると、もう……」

「与平。俺はお前とお福に楽隠居して貰いたい。そいつが、餓鬼の頃から面倒を見て貰った俺のせめてもの恩返しだと思っている。頼む、いつまでも秋山家にいてくれ」

「旦那さま……」

与平は、顔を両手で覆ってすすり泣いた。涙が、骨張り皺だらけの両手の指を濡らした。

「かたじけのうございます……」

与平は、肩を震わせてすすり泣いた。

老いた……。

久蔵は、すすり泣く与平に哀しい程の老いを感じた。

大助の泣き声は止み、香織とお福の楽しげな笑い声が聞こえた。


用部屋に夏の終わりの風が吹き抜けた。

もし、不忍池の畔から発見された腐乱死体が筆屋『鶴亀堂』の彦造なら、殺したのは女房のおいちと手代の平吉なのか……。

「情況から見てそうとしか思えねえな」

久蔵は頷いた。

「はい。ですが分からないのは、おいちと平吉が、何故に彦造を殺《あや》めたかでして……」

和馬は眉をひそめた。

「主殺《しゅうごろ》しか……」

「そうなりますね」

主殺しは磔の極刑だ。

「和馬、人の心には誰にも分からねえ魔物が棲んでいる。そいつが不意に顔を出して悪事を働く……」

「秋山さま……」

和馬は戸惑った。

「魔物は殺す側だけじゃあねえ。殺される側にも潜んでいやがる」

「殺される側にも……」

「ああ。魔物が現れたから殺されたのかもしれねえ……」

久蔵は苦笑した。

「って事は……」

和馬は眉をひそめた。

「己の身を護る為に殺めたってのもあるさ」

「じゃあ、彦造が……」

「彦造とおいちの夫婦。彦造と平吉の主と奉公人。他の者には窺い知れぬものが秘められている……」

久蔵は睨んだ。

「他の者には窺い知れぬものですか……」

「ああ。よし、鶴亀堂を詳しく調べてみよう」

久蔵は立ち上がった。


筆屋『鶴亀堂』は、大戸を閉めて静まり返っていた。

久蔵と和馬は、『鶴亀堂』の裏手に廻った。

勝手口の板戸には錠前が掛けられていた。

「秋山さま……」

和馬は眉をひそめた。

久蔵は、小柄を抜いて錠前に差し込んで抉《こ》じ開けた。

和馬は、抉じ開けられた錠前を外して板戸を開けた。

冷ややかな微風が溢れ出た。

久蔵と和馬は、薄暗い台所に踏み込んだ。

台所には冷ややかさが漂っていた。

久蔵は、竈の灰を探った。

灰は冷たく固まっていた。

使わなくなってから、かなりの時が過ぎている。

久蔵と和馬は、台所から居間に向かった。

雨戸の閉められた居間は、台所以上の冷ややかさに満ち溢れていた。

久蔵は眉をひそめた。

「家ってのは人が住まなくなると、随分と寒々しくなるもんですね」

和馬は、微かに身震いした。

「ああ……」

久蔵は、縁起棚や長火鉢の抽斗《ひきだし》、茶簞笥《ちゃだんす》などを調べた。だが、抽斗や茶簞笥に眼を惹く物はなかった。

和馬は、次の間の押し入れを調べた。

押し入れの中には、畳んだ蒲団や座布団が入っていた。

和馬は、畳まれた蒲団の間に黒い染みのある着物が挟まってるのに気付き、引き出した。

着物は男物の寝間着であり、赤黒い染みが襟首から胸元に掛けて広がっていた。

「秋山さま……」

和馬は久蔵を呼んだ。

「どうした」

「こいつを見て下さい」

和馬は、久蔵に男物の寝間着を見せた。

久蔵は、赤黒い染みを検めた。

「血だな……」

赤黒い染みは血だった。

「やはり……」

久蔵は、畳まれた蒲団を出して広げた。

蒲団には血が赤黒く乾いていた。

「彦造、どうやら寝込みを襲われたようだな」

久蔵は睨んだ。

「ええ……」

和馬は頷いた。

久蔵と和馬は、引き続き家の中と離れの平吉の部屋を調べた。

平吉の部屋は、離れとは名ばかりの物置小屋だった。

久蔵は、平吉の部屋から刃に乾いた血の付いた匕首《あいくち》を見つけた。

「平吉がこいつで彦造を殺めたようだな」

「そして、裸にして不忍池の畔の雑木林に埋めたって処ですか……」

「ああ……」

久蔵は、平吉の少ない持ち物を調べた。

小さな古い桐の箱が、積まれた粗末な蒲団と行李《こうり》の奥にあった。

久蔵は古い桐の箱の蓋を開けた。中には、手紙や様々な書付けなどが入っていた。久蔵は、手紙や書付けに眼を通した。そして、数枚の折り皺のある書付けを見て眉をひそめた。

「和馬……」

「はい」

「こいつを見てみろ」

久蔵は、数枚の折り皺のある書付けを見せた。

折り皺のある書付けには、〝助けて〟と女文字で書かれていた。

「助けて……」

和馬は眉をひそめた。

「ああ。他に四枚ある。文字は女文字、折り皺は結び文で渡されたからだろうな」

久蔵は睨んだ。

平吉は、女から〝助けて〟と書かれた結び文を渡されていた。

「秋山さま、平吉にこの結び文を渡した女は、おいちですか……」

和馬は読んだ。

「おそらくな……」

久蔵は頷いた。

手代の平吉は、おいちに助けを求められて彦造を殺めたのかもしれない。

「とにかく、おいちと平吉の行方だな……」

久蔵は、小さな笑みを浮かべた。

格子窓から差し込む斜光は、渦巻く埃《ほこり》を浮かび上がらせていた。

三

王子稲荷社は関東の稲荷の総社であり、中山道板橋の宿に近い。

幸吉と雲海坊は、庚申塚《こうしんづか》から滝《たきの》》川《がわ》村を抜けて王子村に入った。

王子村は、王子稲荷社の傍に広がっていた。

幸吉と雲海坊は、庄屋の屋敷に赴いて平吉の実家が何処かを尋ねた。

「平吉ですか……」

三十歳過ぎの庄屋は戸惑った。

「ええ。八年前、王子村から不忍池近くの茅町の鶴亀堂って筆屋に奉公した者ですが、御存知ありませんか」

幸吉は尋ねた。

「そうだねえ……」

庄屋は首を捻り、小作人の老百姓を呼んだ。

「私は良く分からないので、こちらの伊助《いすけ》に訊いて下さい」

伊助と呼ばれた老百姓は、困惑した面持ちで幸吉と雲海坊に対した。

「伊助さんですかい……」

「へい……」

幸吉は、平吉を知らないか尋ねた。

「ああ。それならきっと音無川《おとなし》の傍の庄吉《しょうきち》の倅かもしれないな」

「庄吉の倅……」

「ええ。八年前、庄吉が口減らしの奉公に出した倅ですが……」

「幸吉っつあん……」

雲海坊は、幸吉を一瞥した。

「うん。伊助さん、その庄吉さんの家にはどう行けばいいのかな」

幸吉は、庄吉の家迄の道を尋ねた。

「そうですね。この前の道を……」

「伊助、案内してやりなさい」

庄屋は遮った。

「へい……」

「こいつは大助かりだ。済みませんね」

幸吉と雲海坊は、伊助の案内で庄吉の家に向かった。

王子村の田畑は風に揺れ、緑の匂いが満ち溢れていた。

伊助は、田畑の向こうに見える古い百姓家を指差した。

「あの家だよ」

伊助は告げた。

「そうですか。伊助さん、造作をお掛けしました。此処で結構ですよ」

幸吉は、平吉の家を密かに窺う為、伊助の案内を断った。

「そうですか……」

「ええ。それからこいつは僅かですが……」

幸吉は、伊助に心付けを握らせた。

「これは……」

伊助は戸惑った。

「庄屋さんには内緒ですよ。又、訊きに行くかもしれませんので……」

幸吉は笑った。

「そうですか。済みませんねえ。じゃあ……」

伊助は、心付けを握り締めて小走りに庄屋屋敷に戻って行った。

「よし。じゃあ、様子を窺ってみるか」

「うん。先ずは拙僧が……」

雲海坊は咳払いをし、経を読みながら庄吉の家に向かった。

幸吉は、庄吉の家の裏手に廻った。


庄吉の家の前庭には、四羽の鶏が駆け廻って餌を啄《ついば》んでいた。

雲海坊は、庄吉の家の前に佇んで経を読んで托鉢を始めた。

家の中から幼い女の子が現れ、雲海坊を物珍しそうに見つめた。

雲海坊は経を読み続けた。

家の裏手から老百姓が出て来た。

庄吉だ……。

雲海坊は、声を励まして経を読んだ。

庄吉は、二本の人参を竹の皮に包み、雲海坊の頭陀袋《ずだぶくろ》に入れて手を合わせた。

雲海坊は、深々と頭を下げて経を読み続けた。だが、現れたのは庄吉と幼い女の子だけだった。

庄吉の家の裏手には畑が広がり、野良仕事をする百姓の姿が見えた。

幸吉は、庄吉の家の裏を窺った。

裏の井戸端に人影はなく、不審な様子は窺えなかった。

雲海坊の読経が遠ざかり、鶏の鳴き声が響いた。そして、老百姓が表からやって来て穫り入れた人参や里芋を洗った。

幸吉は、老百姓を平吉の父親の庄吉だと睨んだ。

庄吉は、黙々と人参や里芋を洗っていた。

「祖父《じい》ちゃん、腹減った……」

家から幼い女の子が出て来た。

「ああ。腹減ったか。もう直、お父っちゃんとおっ母ちゃんも畑から戻ってくるから、昼飯の仕度をするか……」

庄吉は、井戸端から立ち上がった。

庄吉と孫の女の子の他に人はいない……。

幸吉は睨み、表に廻った。

雲海坊は、庄吉の家の表にある桜の古木の陰にいた。

幸吉は駆け寄った。

「庄吉さんと孫娘しかいねえな……」

雲海坊は告げた。

「ああ。平吉とおいちはいないようだ」

幸吉は頷いた。

「幸吉……」

雲海坊は、庄吉の家に向かって来る若い百姓の男と女を示した。

若い百姓の男と女は、竹籠を背負い鍬《くわ》や鋤《すき》を担いで庄吉の家に入って行った。

「お父っちゃん、おっ母ちゃん……」

幼い女の子の嬉しげな声が聞こえた。

おそらく平吉の兄夫婦なのだ。

「どうする……」

「平吉とおいち、この近くにいるかもしれねえ。暫く庄吉を見張ってみる」

幸吉は、事情を知った庄吉が、平吉とおいちを匿った場合を考えた。

「よし。じゃあ俺は、平吉とおいちを見掛けた者がいないか、聞き込んでみるぜ」

雲海坊は、日に焼けた饅頭笠《まんじゆうがさ》を被り直し、錫杖《しやくじよう》を突いて田舎道を立ち去った。

幸吉は、桜の古木の陰に潜み、庄吉の家を見張り始めた。

陽差しは強くなり、田畑の緑の青臭さは一段と増した。


不忍池の畔の雑木林から見つかった腐乱死体は、筆屋『鶴亀堂』の主の彦造であり、殺したのは奉公人の平吉と推測された。

平吉は、殺した彦造を丸裸にして不忍池の雑木林に埋めた。丸裸にしたのは、発見された時に身許を分からなくする為だ。そして、平吉は店の金を奪い、助けを求めたおいちを連れて逃亡した。

久蔵は、和馬においちと平吉を追跡するように命じた。

和馬は、弥平次と相談しておいちと平吉の足取りを追った。

ひと月程前、おいちと平吉は彦造が大山詣りに出掛けて怪我をしたと、隣の豆腐屋に告げて早立ちした。

早立ちは、寅の刻七つ（午前四時）だった。

和馬と弥平次は、茅町の朝早い仕事の者たちを当たり、早立ちしたおいちと平吉を見た者を捜した。

おいちと平吉を見掛けた者は、中々見つからなかった。だが、行商の蜆《しじみ》売りが、湯島天神裏の切通しを本郷の通りに向かう旅姿の男と女を見掛けていた。

弥平次は、蜆売りに男と女の人相風体を問い質《ただ》した。

蜆売りは、男より女の方が年上のようだったと告げた。

平吉は二十三歳でおいちは三十歳。おいちの方が七歳も年上だ。そして、蜆売りは、若い男が女に気を遣っているように見えたと証言した。

まるで奉公人のように……。

弥平次は、旅姿の男と女を平吉とおいちだと睨んだ。

「親分、本郷の通りから白山《はくさん》、巣鴨《すがも》、王子の平吉の実家かな」

和馬は読んだ。

「ええ。おそらくそんな処でしょうが、王子には幸吉と雲海坊が行っています。もう少し足取りを追ってみましょう」

「そうだな……」

和馬、弥平次、由松、勇次たちは、切通しから本郷の通りに二人の足取りを追った。

王子村の田畑には、陽差しを過ぎる雲の影が流れていた。
幸吉は、庄吉の家を見張った。
庄吉と兄夫婦に不審な動きはなかった。
雲海坊は村の中を托鉢して廻り、それとなく平吉とおいちが来た形跡を捜した。
しかし、二人が現れた形跡はなく、見掛けた者もいなかった。
幸吉と雲海坊は、粘り強く見張りと聞き込みを続けた。

〝助けて〟と書かれた紙は五枚あり、その他には何も書かれてはいない。
久蔵は、〝助けて〟とだけ書かれた紙を見つめた。
「助けてか……」
久蔵は、それだけしか書かれていない五枚の紙に微かな違和感を覚えていた。
おいちは、何らかの理由で亭主の彦造から逃げようとし、平吉に助けを求めた。
そして、平吉はおいちの求めに応じて彦造を殺し、二人で逃亡した。
辻褄は合っている。だが……。
久蔵は、辻褄が合い過ぎているのが、微かに覚えた違和感の正体だと気付いた。
作られ過ぎている……。

久蔵の脳裏に、そうした想いが過ぎった。

彦造の身許を分からなくする為、丸裸にして埋める。

奉公人が主を始末するにしては、落ち着いた手口だ。

平吉が、修羅場に慣れているとは思えない。

そこには、おいちの指示があったのか……。

そうだとしたなら、おいちの人柄と身辺を探る必要がある。

久蔵は、南町奉行所の用部屋を出た。


本郷から白山権現に掛けての道筋に、おいちと平吉を見掛けた者はいなかった。

「ひと月も前の事だ。今迄が出来過ぎだったのかもしれん」

和馬は、白山権現境内の茶店で弥平次と茶をすすった。

「ええ。おまけに朝早くです。見掛けた者を捜すのは中々難しいですね」

弥平次は吐息を洩らした。

由松と勇次が駆け寄って来た。

「御苦労だったな。父っつあん、茶を二つ頼むよ」

弥平次は由松と勇次を労い、茶店の老亭主に茶を頼んだ。

「で、何か分かったかい」

「そいつが何も……」

由松は、申し訳なさそうに首を横に振った。

「そうか。ま、一服してくれ」

「はい……」

由松と勇次は、老亭主の持って来た茶をすすった。

「親分、平吉とおいち、本当にこっちに来たんですかね」

由松は首を捻った。

「うむ……」

弥平次は眉をひそめた。

「何なら反対側の湯島の方にも聞き込みを掛けてみますか……」

勇次は、湯呑茶碗を置いた。

「そうだな。どうです、和馬の旦那……」

「うん。こうなりゃあ、出来る事は何でもやってみるしかあるまい」

「ええ。よし、勇次、ちょいと聞き込んでみな」

「はい」

「由松、王子の幸吉と雲海坊、どんな具合か一っ走りしてくれ」

「承知しました」

由松と勇次は、白山権現の境内を出て北と南に別れた。


本郷菊坂町《きくざかまち》は、本郷の通りの六丁目を西に進んだ処にある。

久蔵は、菊坂町の自身番を訪れ、かつて主が博奕で借金を作って首を括った筆屋があるのを知っているか、居合わせた家主に訊いた。

「ああ、それは秀峰堂《しゅうほうどう》さんの事ですね」

家主は、懐かしげに告げた。

「秀峰堂……」

「ええ。秀峰堂の文左衛門《ぶんざえもん》さん、昔の奉公人の口車に乗せられて博奕にのめり込んじまって。奉公人も余計な事をしたもんですよ」

「その奉公人、ひょっとしたら彦造って野郎じゃあねえのかい」

「ええ。確かそんな名前でしたかね……」

家主は頷いた。

彦造は、かつての主を博奕に誘い込み、借金を作らせて首括りに追い込んだ。

そして、借金の形に身売りをする事になった娘のおいちを助けた。

何もかも、彦造の仕組んだ事だったのかもしれない。

「そのおいちなんだが、どんな娘か覚えているかな」

「さあ、そこ迄は……」

家主は首を捻った。

「じゃあ、秀峰堂を良く知っている者はいないかな」

「それなら、菊の家の女将、昔、秀峰堂に奉公していた筈ですが……」

「菊の家……」

「ええ。甘味処ですよ」

「そうか……」

久蔵は、自身番を出て甘味処『菊の家』に向かった。


甘味処『菊の家』の女将は、久蔵に冷たい茶を差し出した。

「お嬢さんのおいちさんですか……」

「ああ。どんな人柄だったかな」

「どんなと仰られても。私たち奉公人とは余り口を利きませんでしたから良く分からないと申しますか……」

女将は言葉を濁した。

おいちは、奉公人に厳しい、余り優しさのないお嬢さまだったのかもしれない。

久蔵は読んだ。

「男の方はどうだったかな」

「さあ。許嫁《いいなずけ》や言い交わした仲の人はいなかったと思いますが……」

女将は眉をひそめた。

「噂もなかったのかな」

「噂なら、お店のお客の浪人さんと逢引きしているってのがありましたけど、本当かどうか分かりません」

「その浪人、今何処にいるのか分からねえだろうな」

「いえ。そこの善覚寺《ぜんかくじ》ってお寺の家作におりますよ」

女将は事も無げに云った。

久蔵は、呆気なさに思わず苦笑した。

四

善覚寺の家作で暮らしている浪人は、石原小五郎《いしはらこごろう》と云う名だった。

久蔵は、善覚寺を訪れて本堂の裏手にある家作を窺った。

家作は雨戸を閉め、静けさに包まれていた。

石原小五郎は、十五年程前から善覚寺の家作に住み着き、代書や大店の子弟に読み書き算盤《そろばん》を教えて暮らしていた。

出掛けている……。

久蔵は、閉められている雨戸を見つめた。

雨戸の小さな節穴が瞬いた。

久蔵は気付いた。

雨戸の節穴の向こうに何かが過ぎった……。

久蔵は踵《きびす》を返した。

久蔵は、菊坂町善覚寺の境内を出た。

家作には人がいる。そして、雨戸を閉めているのは、住人の石原小五郎ではないからなのだ。

誰かがいる……。

久蔵は、想いを巡らせた。

「秋山さまじゃありませんか……」

勇次が駆け寄って来た。

「おお、勇次か……」

久蔵は、小さな笑みを浮かべた。


王子村の庄吉の家に変わりはなかった。

雲海坊は聞き込みを終え、桜の古木の陰で張り込む幸吉の許に戻った。

「変わりはないようだな」

「ああ。聞き込みはどうだった」

「いないな。平吉やおいちらしい男と女を見掛けた者は……」

雲海坊は饅頭笠を取り、手拭で額の汗を拭った。

「庄吉たちにも妙な動きや様子はないし、平吉とおいち、こっちには来ていないのかもしれねえな」

「ああ……」

雲海坊は頷いた。

「兄貴……」

由松がやって来た。

「おう……」

「平吉の実家ですかい」

由松は、桜の古木の陰に入り、庄吉の家を一瞥した。

「父親と兄貴夫婦と子供がいる……」

「平吉とおいちはいませんか……」

「きっとな。で、平吉とおいちの足取り、何か分かったのか」

「そいつが皆目……」

由松は首を横に振った。

「そうか。雲海坊、此処の見張りは無駄かもしれねえな」

「幸吉っつあん、そうでもねえかもな……」

雲海坊は、庄吉の家を示した。

庄吉が家から現れ、田舎道を足早に王子稲荷社に向かった。

漸く動きがあった……。

雲海坊は、思わず笑みを浮かべた。

「さあて、粘った甲斐があればいいのだがな」

雲海坊は庄吉を追った。

幸吉と由松は続いた。


菊坂町善覚寺の門前には荒物屋があった。

荒物屋は、草鞋《わらじ》、笠、笊《ざる》などの他に墓に供える花や線香なども売っていた。

久蔵は、主の老婆に金を渡して荒物屋の店先を借り、勇次と共に見張り始めた。

石原小五郎と思われる浪人は、まだ善覚寺に戻って来てはいなかった。

善覚寺に参拝客は少なく、境内では幼い子供たちが楽しげに遊び廻っていた。

「どうぞ……」

荒物屋の婆さんは、渡された金に満足したのか久蔵と勇次に茶を出した。

「こいつは、すみませんねえ」

勇次は礼を述べた。

「婆さん、善覚寺の家作に住んでいる石原小五郎って浪人、知っているかい……」

久蔵は茶をすすった。

「ええ。もう十年以上も住んでいますからね」

老婆は、微かに眉をひそめた。

嫌っている……。

久蔵は、石原小五郎に対する老婆の気持ちを読んだ。

「いろいろありそうな奴だな」

久蔵は、それとなく老婆の気持ちを押した。

「ええ。見た目は穏やかですっきりしていますけど、とんだ銀流《ぎんなが》しでしてね。陰で何をしているやら……」

「胡散《うさん》臭いか……」

「それはもう。いつだったか、浪人仲間と湯島天神の盛り場で何処かの浅葱《あさぎ》裏《うら》を袋叩きにしていましてね。尤も、石原は薄笑いを浮かべて指図をしているだけでしたけど……」

石原小五郎は、狡猾な男であり、その本性を隠して暮らしているのかもしれない。

「それで婆さん、石原は一人で暮らしているのかい」

「らしいですけどね。女の一人や二人、いつも連れ込んでいるんじゃあないですか……」

老婆は、嫌悪の情を露骨に浮かべた。

久蔵は苦笑した。

陽は西に傾き、善覚寺の大屋根を輝かせた。


王子稲荷社は、江戸の稲荷の総社だけあって多くの参拝客が訪れていた。

庄吉は、王子稲荷社の境内に入って本殿に進んだ。

幸吉、雲海坊、由松は追った。

庄吉は、本殿に手を合わせて横手に佇んで辺りを窺った。

幸吉、雲海坊、由松は物陰から見守った。

手拭で頰被りをした百姓が現れ、佇んでいる庄吉に駆け寄った。

「幸吉の兄貴……」

由松は色めき立った。

「ああ。おそらく平吉だ……」

幸吉は、喉を鳴らした。

平吉は、庄吉と短く言葉を交わしながら巾着《きんちゃく》を差し出した。

庄吉は、巾着を握り締めた。

「押さえましょう」

由松は勇んだ。

「待ちな由松。おいちがいねえ」

雲海坊は制した。

「おいち……」

「ああ。おいちは何処かで平吉を待っているのかもしれねえ」

雲海坊は睨んだ。

「よし。平吉を泳がせよう」

幸吉は決めた。

平吉は身を翻した。

「平吉、これ以上、馬鹿な真似はしねえでくれ……」

庄吉は、平吉に悲痛な声を掛けた。

平吉は哀しげに庄吉を振り返り、思い切るように立ち去った。

幸吉、雲海坊、由松は平吉を追った。

庄吉は、疲れ果てたようにしゃがみ込み、両手で顔を覆って肩を震わせた。

平吉は、足早に滝乃川村を抜けて板橋道に出て巣鴨に向かった。

幸吉、雲海坊、由松は慎重に追った。


善覚寺の大屋根は夕陽に染まった。

久蔵と勇次は、荒物屋の店先から善覚寺を見張った。

境内で遊んでいた子供たちが歓声をあげて駆け去り、擦れ違うように着流しの背の高い浪人がやって来た。

「秋山さま……」

勇次は、久蔵に目顔で報せた。

久蔵は、やって来る着流しの背の高い浪人を見つめた。

「婆さん、野郎が石原小五郎だな」

「ええ。のっぺり顔のいけ好かない奴ですよ」

荒物屋の婆さんは石原小五郎を一瞥し、汚い物でも見たように眉をひそめた。

石原小五郎は、善覚寺の境内に入って行った。

「秋山さま……」

勇次は、久蔵の指示を待った。

「付いて来い」

久蔵は、荒物屋を出て善覚寺に向かった。

勇次は続いた。


久蔵と勇次が、善覚寺の境内を覗いた時、石原小五郎は本堂の裏手に入って行った。

久蔵は、植込み伝いに進んで本堂の裏手の家作を窺った。

石原小五郎は家作に入ったのか、その姿は既になかった。

夕暮れが迫り、辺りは青黒さに包まれた。

雨戸が開けられ、庭先に明かりが洩れた。

開けられた雨戸の間には、明かりを背に受けた女がいた。

「ああ、気持ちが良い……」

女は外の微風に己を晒し、解れ髪を掻き上げながら障子を閉めた。

「秋山さま……」

「ああ。勇次、和馬と弥平次の親分を呼んで来てくれ」

久蔵は命じた。

「合点です」

勇次は、素早く立ち去った。

女はおそらくおいちであり、石原小五郎の住む家作に潜んでいたのだ。

家作の様子から見て、中には石原小五郎とおいちしかいない。

久蔵は睨んだ。

平吉はどうした……。

久蔵は、筆屋『鶴亀堂』彦造殺しにまだ裏があるのを知った。


夜の白山権現の境内には、灯籠の明かりが揺れていた。

平吉は、白山権現を横手に見ながら本郷の通りに進み、湯島に向かった。

幸吉、雲海坊、由松は、平吉を追った。

平吉は、尾行する者を警戒する様子もなく先を急ぎ、本郷六丁目の辻を西に入った。

善覚寺は夜の静寂に覆われていた。

久蔵は、駆け付けて来た弥平次と家作の表を見張り、和馬と勇次に裏手を見張らせた。

浪人の石原小五郎とおいちと思われる女は、家作に入ったまま動く気配を見せなかった。

「酒を飲んでいますね」

弥平次は、家作から微かに漂う酒の匂いに気が付いた。

「ああ……」

久蔵は頷いた。

「秋山さまの仰る通り女がおいちなら、平吉はどうしたんでしょうね」

「気になるのはそこなんだな……」

久蔵は眉をひそめた。

「平吉がどうなっているか分からない限り、下手に踏み込む訳にもいきませんね」

弥平次は眉をひそめた。

「うむ……」

本堂の陰の暗がりが揺れた。

久蔵と弥平次は、揺れた暗がりを透かし見た。

頰被りをした男が、暗がり伝いに家作に忍び寄っていた。そして、背後に饅頭笠を被った托鉢坊主の影が過ぎった。

雲海坊……。

久蔵と弥平次は気付いた。

雲海坊は頬被りをした男を追って来た……。

もし、そうだとしたのなら、頬被りの男は手代の平吉なのだ。

弥平次は、情況を察知して久蔵を窺った。

久蔵は頷き、小さな笑みを浮かべた。

小さな笑みは、筆屋『鶴亀堂』彦造殺しの真相に辿り着いた証だった。

平吉は、明かりの映えている家作の障子を睨み、懐から匕首を抜いた。

匕首は、月明かりに蒼白く輝いた。

「親分、平吉を押さえろ」

久蔵は、弥平次に告げて家作に走った。

弥平次は、平吉に突進した。

平吉は驚き、立ち竦んだ。

幸吉、雲海坊、由松は、戸惑いながらも平吉に殺到した。

久蔵は、雨戸の開いた縁側に駆け上がって障子を蹴倒した。


浪人の石原小五郎は、咄嗟に手にしていた猪口を久蔵に投げ付けた。

久蔵は躱した。

石原は、その隙を衝いて刀を取った。

「石原小五郎か……」

久蔵は苦笑した。

「手前……」

石原は、怒りと困惑に塗れた。

「俺は南町奉行所吟味方与力秋山久蔵……」

「秋山久蔵……」

石原は狼狽えた。

「石原、おいちの亭主、鶴亀堂彦造殺しの絵図を描いたのは手前だな」

久蔵は、石原を冷たく見据えた。

石原は、のっぺりした顔を醜く歪めた。

「彦造を殺し、手代の平吉を巻き込んで死体を始末させ、おいちと一緒に姿を消すように仕向け、その罪をなすり付ける……」

久蔵は、己の睨みを石原に告げた。

石原は、恐怖に震えた。

次の瞬間、おいちは戸口に逃げた。しかし、和馬と勇次が立ち塞がった。

おいちは後退りした。

「知らない。私は何も知らないんだよ……」

おいちは、髪を乱して声を震わせた。

「おいち、主殺しは磔獄門だぜ」

和馬は告げた。

おいちは、呆然としてその場に崩れ落ちた。

「石原小五郎、これ迄だな」

久蔵は嘲笑った。

刹那、石原は久蔵に抜き打ちの一刀を放った。

久蔵は、石原の抜き打ちの一刀を見切って躱した。そして、石原の刀を叩き落した。

石原は怯んだ。

久蔵は、石原を縁側から庭に蹴り飛ばした。

石原は、縁側から庭に落ちて無様にもがいた。

幸吉、由松、勇次は、重なるように石原に襲い掛かった。

「離せ、離せ……」

石原は叫び、逃れようと必死に暴れた。

「煩せえ、馬鹿野郎」

幸吉、由松、勇次は、石原を容赦なく殴り付けて縄を打った。

石原小五郎とおいち、そして平吉はお縄になった。

平吉は縛られ、弥平次と雲海坊に縄尻を取られていた。

「お前が平吉か……」

久蔵は、平吉を見据えた。

「へい……」

平吉は、恐怖に震えた。

「平吉、お前、石原小五郎を殺すつもりだったのかい……」

「いいえ……」

平吉は、口惜しげに首を横に振った。

「じゃあ、おいちを道連れにして、死ぬ気だったのか……」

「お役人さま……」

平吉は、驚いたように久蔵を見つめた。

「平吉、お前、おいちに惚れているな」

「は、はい……」

平吉は、哀しげに項垂れた。

久蔵は、平吉を憐れんだ。


平吉は、おいちに密かに惚れていた。

石原小五郎は、平吉のおいちを慕う気持ちを知り、利用した。

己が殺した彦造の死体の始末をさせ、おいちと逃亡させた。そして万一、彦造の死体が見つかった時の為、平吉を下手人に仕立てる様々な細工を残した。

血の付着した匕首、〝助けて〟と書かれた結び文……。

おいちは、平吉を棄てて石原の許に走った。

棄てられた平吉は、彦造殺しの片棒を担いだ罪に打ちのめされた。そして、彦造殺しは、おいちと石原の仕組んだ事だと気付いた。

平吉は、おいちを殺して自害する決意をし、あり金を父親の庄吉に渡して別れを告げた。


おいちは、彦造を怨み憎んでいた。

彦造は、父親の文左衛門に博奕の借金を作らせて首括りに追い込んだ。そして、借金の形に身売りする事になった自分を金の力で無理矢理に女房にした。

おいちは、何もかもが彦造の仕組んだ事と思い、娘の時からの情夫《いろ》である石原小五郎に相談した。

石原小五郎は、金を貰う約束で彦造殺しの絵図を描いた。


筆屋『鶴亀堂』主の彦造が、おいちの父親である筆屋『秀峰堂』文左衛門を死に追い込んだかどうかは、今更調べようもなかった。

久蔵は、おいちを主殺しで磔獄門とし、石原小五郎を斬首の刑に処した。そして、本来なら遠島の刑の平吉に追放の仕置を下した。

奉公人の運命は、奉公先によって変わってしまう。

平吉は、筆屋『鶴亀堂』に奉公しなければ咎人にならず、穏やかな生涯を送ったのかもしれない。

久蔵は、平吉を憐れんだ。


暮六つ(午後六時)。

八月の西の空は未だ明るかった。

南町奉行所を出た久蔵は、八丁堀沿いの道から岡崎町に入った。

岡崎町の組屋敷街は、夕暮れに覆われていた。

久蔵は、己の屋敷に向かった。

秋山屋敷の門前では、与平が掃除をしていた。

与平は、帰って来た久蔵に気が付いて屋敷内に報せ、久蔵の許に迎えに駆け寄った。

「お戻りなさいませ」

「うむ。変わりはなかったか……」

「はい。今日も大助さまはお元気で……」

与平は、嬉しげに告げた。

「そうか……」

久蔵は、与平を従えて表門を潜って玄関に向かった。

香織は、お福やお糸と式台に迎えに出ていた。

「お帰りなさいませ」

「今戻った」

赤ん坊の泣き声が、屋敷の奥から響いた。

「あらあら、大助さまもお出迎えですよ」

お福は、眼を細めて笑った。

「お福、それはないだろう」

与平は、白髪眉をひそめた。

「何云ってんのお前さん、大助さまは賢いから、御父上さまのお帰りが分かるんですよ」

お福は、ふくよかな身体を揺らした。

「そりゃあ大助さまは賢いが。でもなあ……」

与平は納得しなかった。

香織とお糸は笑い、大助の泣き声は続いた。

久蔵は、苦笑するしかなかった。

秋山屋敷の一日は、何事もなく賑やかに終わっていく……。

文春文庫

秋山久蔵《あきやまきゅうぞう》御用控《ごようひかえ》

余《よ》計《けい》者《もの》

定価はカバーに表示してあります

2012年8月10日　第1刷

著　者　藤井邦夫《ふじいくにお》
発行者　羽鳥好之
発行所　株式会社　文藝春秋

東京都千代田区紀尾井町 3-23　〒102-8008
TEL　03・3265・1211
文藝春秋ホームページ　http://www.bunshun.co.jp
落丁、乱丁本は、お手数ですが小社製作部宛お送り下さい。送料小社負担でお取替致します。

印刷・大日本印刷　製本・加藤製本
Printed in Japan
ISBN978-4-16-780511-1

発売中！

秋山久蔵

藤井邦夫の本——書き下ろし時代小説